Marcus Hammerschmitt
Instant Nirwana

Marcus Hammerschmitt, geboren 1967, ist freier Schriftsteller in Tübingen. Er erhielt 1997 den Thaddäus-Troll-Preis, 1998 den Essay-Preis der Büchergilde Gutenberg und 1999 den Würth-Literaturpreis für seine Kurzgeschichte »Das Begräbnis«.

Weitere Veröffentlichungen: »Der Glasmensch«, Frankfurt/M. 1995; »Wind«, Frankfurt/M. 1997; »Target«, Frankfurt/M. 1998.

Marcus Hammerschmitt

# Instant Nirwana

## Das Geschäft mit der Suche nach dem Sinn

Aufbau-Verlag

Essays bei Aufbau:
Konzeption und Lektorat
Annette C. Anton und
Tamara Trautner

ISBN 3-351-02793-1

1. Auflage 1999

Einbandgestaltung Andreas Heilmann, Hamburg
Foto Andreas Wemheuer
Typographie Peter Birmele
Foto Frontispiz Holger Rada
Druck und Binden Kösel GmbH, Kempten
Printed in Germany

Überzeugen ist unfruchtbar

*Walter Benjamin*

# Freiübungen

Schwierig, über das Thema noch zu schreiben, wenn schon alles gesagt ist. Adornos »Thesen gegen den Okkultismus«[1] würden die ganze Esoterik auf einen Streich erledigen, bewegten sie sich nicht auf einem Niveau, das kein Esoteriker je erreichen wird, ohne einen tiefgreifenden Bewußtseinswandel durchgemacht zu haben. Ihr Triumph ist auf diese Weise ihre Lächerlichkeit: Sie verhalten sich wie ein unschlagbar gepanzerter Ritter, der auf einem leeren Turnierfeld nach einem Gegner sucht. Geistig aufs äußerste zugespitzt und mit einem galligen Sarkasmus unterfüttert, der keine Unklarheit und Verwaschenheit zuläßt, wirken die Thesen dennoch seltsam antiquiert, weil sie einen Fundus der diskursiven Rationalität nutzen, der täglich obsoleter wirkt. Sie hängen zu hoch. Sie sind nur Eingeweihten verständlich. Für die Hauptopfer der esoterischen Geistesvergiftung könnten sie genausogut in chinesisch abgefaßt worden sein. Dadurch behalten sie recht, ohne zu wirken. Man könnte also auf die Idee kommen, Adorno so weit herunterzujubeln und zu verwässern, bis er seine Gegner findet. Das ist eine undankbare Aufgabe und grenzt an geistigen Verrat. Adorno wäre nicht gern auf diese Weise »vermittelt« worden, seine Gegner lassen ihn sich nicht vermitteln. Die Gefahr, im Prozeß der Vermittlung wieder einmal den Beweis dafür zu liefern, daß »gut gemeint« das Gegenteil von »gut gemacht« darstellt, ist relativ hoch. Mindestens ein weiteres Motiv muß der Autor rekrutieren, der nach den »Thesen gegen den Okkultismus« das gleiche Feld beackern will. Beliebt in solchen Fällen ist die Behauptung, die historische Situation habe sich geändert. Das Phänomen bedürfe unter veränderten gesellschaftlichen Bedingungen einer Neubewertung. Das ist in diesem Fall eine Sackgasse. Denn die historische Situation hat sich so wenig verändert, daß die »Thesen gegen den Okkultismus« zwar sprachlich und gestisch antiquiert wirken, aber im Kern brandaktuell sind. So wenig Änderung war selten. Wenn sich etwas geändert hat, dann das Bedrohungspotential; es ist angewachsen. Das historische Argument sticht also nicht. Bleibt eine dritte Möglichkeit. Die »Thesen gegen den Okkultismus« sind wahr, aber sie kommen in einem Aufzug der Rechthaberei und Arroganz daher, der sich merkwürdig mit einem zentralen Zugeständnis der kritischen Theorie beißt: nämlich dem, nicht auf alle Zeit recht haben zu können. Zwar haben sie noch recht, aber das muß nicht immer so bleiben, und das verraten sie nicht. Andererseits kommt Polemik ohne Arroganz nie aus, denn sie ist als Schocktherapie das Mittel der Wahl im Umgang mit dem Gegner, wenn der Gegner das dumpfe Beharren auf der Unvernunft ist.

Es tut mir leid. Das folgende ist weder ein Vermittlungsversuch, noch ist es neu, noch bietet es milde Ausgewogenheiten für den Hausgebrauch. Es ist eine Reaktion auf die Zumutungen der Esoterik mit den Mitteln des Essays.

## Beschreiben Sie

Esoterik gibt Antworten auf die Frage »Was ist Wahrheit?« und verzichtet dabei auf den notwendigen Umweg über die Realität.

Esoterik ist die geistige Armenspeisung der Rattenfänger.
Esoterik ist der Eskapismus als Weltreligion.
Esoterik ist schlechte Poesie, wörtlich genommen.
Esoterik ist psychischer Anlagebetrug.[2]

## Bedeutung und Ordnung

Man möchte so gerne etwas bedeuten. Entgegen einer Realität, die ihr tagtäglich die eigene Nullität beweist, sucht eine zu Recht verletzte Menschenwürde nach Bedeutsamkeit und Sinn. Die ständige Beleidigung, die das Leben im allzu späten Kapitalismus darstellt, wird von den Nonentities umgangen, indem sie sich an phantasierten Sinnzusammenhängen berauschen, die keinen Sinn machen. Und so wird der Arbeitslose, der im Wohlfahrtsstaat ohne Wohlfahrt keine Aussicht mehr auf eine Anstellung haben kann, im mittelalterlichen Rollenspiel zu Barbarossa. Die Hausfrau erfährt im Turnanzug zu Klangschalengebimmel von ihrem Vorleben als germanische Heilerin. Leute, die weder wissen, wie sie mit ihrer Einkommensteuererklärung zurechtkommen, noch, woher sie das Geld für die nächste Miete nehmen sollen, finden sich zu sektiererischen Clubs zusammen, die die schwachsinnigen Plots billiger Science Fiction-Serien nachspielen, oder bekennen weinend vor laufenden Fernsehkameras, von Ufos nach Alpha Centauri entführt worden und dort mehrfach vergewaltigt worden zu sein. Jugendliche, die ansonsten nichts zu melden haben, erträumen sich in satanistischen Ritualen Allmacht und schlachten ein Huhn, um ihre Träume wahr zu machen, oder, wenn sie wirklich aufs Ganze gehen, einen Klassenkameraden. Ein ganzer Karneval aus Verzweiflung, Sehnsucht und Idiotie. Nichts ist absurd oder dämlich genug, die verzehrende Sehnsucht nach einer Aufwertung des eigenen Lebens zu befriedigen, wenigstens für eine kurze Zeit. Wenn der Massenwahn woanders hinstrebt, folgen die Jünger willig. Sie sind genauso reif für den nächsten Glauben wie für den Führer in den nächsten Untergang.

Man sähe die Welt so gern geordnet. Unser evolutionärer Apparat, die Verschaltung unserer Augen schon, ist so sehr auf das Erkennen von Mustern und Ordnungen getrimmt, daß unser Gehirn sie selbst erzeugt, wenn sie nicht da sind. Wir Menschen brauchen als Gattungswesen Bedeutung, das heißt, sinnvoll geordnete Wirklichkeit. Die herrschende Ordnung, die die Riesenmächte von Staat und Kapital jeden Tag neu ausfechten, sei es in den Fabrikstillegungen hier oder den neoimperialen Kriegen in der sogenannten Welt, frustriert das Bedürfnis nach einer menschlichen Ordnung aufs äußerste. Verschiedene Auswege bieten sich an. Der Rückzug auf Inseln, die scheinbar dem Getriebe enthoben sind, ist die Lüge schlechthin. Das Sektiererische, Hinterwäldlerische alternativer Kommunen kann schnell in die Bewußtseinslage des Kleinbürgers umschlagen, der hinter seinem Jägerzaun hervorgeifert, wenn man ihm zwei Kirschen stiehlt. Der Versuch, den alltäglichen Terror zu übertrumpfen und immer einen Schritt schneller zu sein als der Wahnsinn, der einen umgibt, endet in einem bunten Strauß an Zivilisationskrankheiten, gegen die kein Kraut gewachsen ist. Die Winner, die nicht an ihnen leiden, weil sie an nichts mehr leiden *können*, sind schon die Zuchthengste und -stuten einer neoliberalen Eugenik, in der nur zählt, wer alles aushält. Ihr Idealtyp grinst uns aus den Werbeanzeigen für Luxusautos und Luxusmode kühl an, und in der dressierten Freundlichkeit des präparierten Grinsens blecken sie das Gebiß zur Drohung an den Rest der Welt. Die Esoterik hingegen bietet den wohlfeilen Notausgang zum universalen Sinn. Je chaotischer, wahnsinniger und menschenfresserischer sich uns die Realität darstellt, desto besser. Es hat alles einen Sinn. Zwei Hauptvarianten sind unterscheidbar. Erstens die milde, resignative Variante der Schafsgeduld, die alles hinnimmt und postwendend mit einem Sinn versieht, den es nicht hat. Zweitens die militante und katastrophische Variante, die das Blutbad bejaht, weil es nur die Rechtgläubigen aus dem Maelstrom des Chaos unbeschadet hervorgehen läßt, die Auserwählten, die treu zu Herr und Herrin gestanden sind und nicht wichen und nicht wankten, solange der Sturm tobte. Die Esoterik wuchert auf einem fruchtbaren Boden, den jahrhundertelang das Christentum abgeerntet hat. Was immer die realen politischen und ökonomischen Mächte über die Menschen hereinbrachten, für wahre Christen war alles Gottes Wille. Als ein katholischer Priester, Führer einer rechtsradikalen französischen Jugendorganisation, 1998 vier der ihm anvertrauten Jugendlichen während eines Feriencamps in den Tod segeln ließ, weil er sie abhärten wollte[3], sagte ein 13jähriger bei dem Begräbnis seiner Blutsbrüder: »Gott gibt und

Gott nimmt. Dies war Gottes Wille.« Man setze in den Reden dieser Leute für »Gott« ein, was sich gerade anbietet, es ist immer derselbe.

## Wahre Geschichten I

A. hat Probleme mit seiner Liebesbeziehung, die ausweglos erscheinen. Er geht mit seiner Partnerin zu einem Heilpraktiker, der ihm verrät, daß er in einem früheren Leben als Ägypter des alten Reichs eine Liebesbeziehung zu seiner Mutter unterhalten hat. Als Mutter und Sohn starben, wurden die Schädel der beiden vor der Bestattung geöffnet und die Gehirnhälften vertauscht, so daß A. jetzt mit dem Fluch einer karmischen Verwicklung mit seiner Mutter behaftet ist, die die Beziehung zu seiner heutigen Partnerin so schwer macht.

B. fürchtet sich sehr vor allen Arten von Klingen und hat sogar nachts Angst, im Bett von Unbekannten erdolcht zu werden. Er geht zu einer Heilpraktikerin, die ihm eröffnet, daß er in einem früheren Leben die Lieblingstochter einer Magierin aus Atlantis war. Eine eifersüchtige Schwester ermordete B.s frühere Inkarnation mit einem Messer, als die Magierin sie zu ihrer legitimen Nachfolgerin und geistigen Erbin machte. Die Angst vor Messern, Scheren u.ä. nimmt nach der Beratung durch die Heilpraktikerin tatsächlich ab. In anderen Angelegenheiten berät die Heilpraktikerin B. nach seiner eigenen Aussage aber nicht richtig.

# Schattenriß der Unmittelbarkeit

Die Esoteriker, vor allem die medizinisch interessierten, glauben an *Strukturgleichheit* und die magische *Übertragbarkeit* von Eigenschaften zwischen Menschen, Tieren, Pflanzen und der unbelebten Natur. Eine Staude, die hoch aufschießt und gelbe Blüten hat, muß in der Lage sein, »Sonnenenergie« auf den Menschen zu übertragen, ihn also fröhlich, kraftvoll, energiegeladen zu machen. Tomaten bringen Krebs, weil sie als Nachtschattengewächse irgendwie Dunkelheit, Gift und Verworfenheit in die menschliche Nahrungskette eintragen. Bernsteinketten lindern den Zahnungsschmerz bei Kleinkindern, weil sie aus versteinertem Baumharz bestehen, das die Kraft zum Wundverschluß gewissermaßen gespeichert hat. Klinische Studien, Empirie, kritische Überprüfung, kurz: wissenschaftliche Methoden sind dabei nur hinderlich. Was allein zählt, ist die Intuition des Meisters oder das geschäftsträchtig neuentdeckte »Wissen« der Altvorderen. Ob die hochaufschießende Sonnenpflanze antidepressiv wirkt, bliebe noch zu prüfen. Möglich ist es durchaus, aber nach allem, was wir heute wissen, hinge es nicht mit ihrer Gestalt zusammen. Wenn Tomaten krebsfördernd wären, hätten Italiener schlechte Karten. Bernsteinketten mögen hübsch aussehen, aber daß sie irgendeinen Einfluß auf Zahnschmerzen haben, ist schlicht und ergreifend nicht bewiesen. Da Schmerzen nicht objektiv meßbar sind, ist es auch nicht beweisbar, genauso wie sein Gegenteil, und daher ist die Aussage als Tatsachenbehauptung in sich wertlos, als Werbepropaganda aber unschlagbar.

Esoteriker glauben an *Unmittelbarkeit* überhaupt. Alles ist eins. Unterschiede sind Chimären eines sekundären Intellekts, der die Ureinheit alles Lebendigen und Unlebendigen nur nicht mehr erkennen kann. Schwester Katze, Bruder Regenwurm, Nachbar Stein, Vorfahr Baum. Was wie eine seichte Neuauflage der animistischen Überzeugungen sogenannter Naturvölker aussieht, ist in Wahrheit etwas viel Bösartigeres. Denn die Tatsache, daß dieses Phänomen nach Christentum und Aufklärung auftritt, kennzeichnet es als krankhafte Regression, die vorhergegangene geistige Entwicklungsstufen umstandslos für den schmalen Gewinn einer flüchtigen seelischen Entspannung kassiert. Der Neoanimismus trägt deutlich die Züge einer geistigen Selbstamputation. Typisch dafür die Verleugnung der Realität. Man fährt zwar täglich Auto, benutzt Computer, Telefon und fliegt zum Esoterikurlaub mit der Boeing 747, aber *eigentlich* ist man Indianer. *Eigentlich* ist die Verbindung zum Ureinen nur leicht gestört, und ein dreiwöchiger Urlaub beim Schamanen mit Vollpension und anschließendem Erleuchtungszertifikat wird das schon ins reine bringen. Die kulturnotwendige Entfremdung des Menschen von der Natur soll weder anerkannt, noch soll der Schmerz darüber gespürt werden. In Wahrheit wurde die »ursprüngliche« Verbindung mit der Natur unterbrochen, als wir Menschen wurden. Das reflektierende Bewußtsein, das sich in der Esoterik gleichzeitig schlau und dumpf hinters Licht führt, ist der Bruch dieser Verbindung selbst. Wir können nicht mit den Tieren sprechen, und ein plätschernder Bach spricht überhaupt nicht. Die wirkliche Entspannung läge in einer unabsichtlichen und unveranstalteten, also *ritualfreien* Versöhnung mit der Natur, die uns durch die von uns selbst geschaffenen Gesellschaften täglich verwehrt wird. Die Wahrheit der idealisierten »Naturvölker« sieht heute so aus, daß sie in Reservaten und schlecht geschützten Schutzgebieten die miserable Existenz von Zootieren führen. Obendrein müssen sie sich auch noch das doppelte Unrecht gefallen lassen, von den gleichen Leuten, die sie gebrochen und unterdrückt haben, als mythologischer Steinbruch benutzt zu werden. Das endlos verlängerte Leiden von Leonard Peltier, der seit Jahrzehnten im Gefängnis für Morde schmachtet, die er nicht begangen hat, ist das wahre Symbol für die indianische Realität heute, nicht die kunstgewerblich angefertigten »Weissagungen« und »Einsichten«, mit denen die esoterischen Nippeshändler hausieren gehen.

Weil alles eins und gleich ist, können esoterische Tierliebhaber auch schon nicht mehr zwischen der Grausamkeit gegen Menschen und der gegen Tiere unterscheiden. Das freie und edle Tier, den Widersprüchen der Menschen durch seine glückselige Bestialität enthoben, ist der ultimative Fluchtpunkt für die regressiven Sehnsüchte nach Einheit mit der Natur, der *superedle Wilde*. Daher ist die Grausamkeit gegen das Tier für die sogenannten Tierrechtler und Veganer das Böse schlechthin, schlimmer als Grausamkeit gegen Menschen, die ja, verderbt und zivilisationskrank wie sie sind, alles nur erdenklich Üble verdienen. Die Hysterie steht Gewehr bei Fuß bereit, Menschen zu opfern, um Tiere zu schützen. Was das an der ökonomisch, medizinisch und moralisch sinnlosen Fleischfresserei ändert? Gar nichts.

Esoteriker nehmen gern *wörtlich*. Was als Metapher, als Symbol oder Zeichen für unbegriffene Erfahrungen durchgehen kann, wird ihnen sofort zur umstandslos greifbaren Realität. Das Unwohlsein an einem bestimmten Ort, seine negative Atmosphäre verwandelt sich ihnen unter der Hand in Erdstrahlen. Die Ausstrahlung eines Menschen, seine psychische Gestimmtheit im Bezug auf andere, der Eindruck, den er bei anderen hinterläßt, wird flugs zu seiner »Aura« erklärt, zu seiner »Energie«, zu »Schwingungen«, die er aussendet. Mißgunst, Neid und üble Nachrede, mit der jemand seine Umgebung plagt, oder die paranoide Projektion der eigenen Schweinereien verwandeln sich in den magischen »bösen Blick«. Die Phantasie von Atlantis, in der der Wunsch nach dem reinen Land hinter den sieben Bergen kulminiert, wird ihnen zum geographischen Bericht. Nichts fürchten sie mehr als die Auflösung von Bildern in nüchterne Realität. Wo sie droht, werden bei den Esoterikern Kräfte wachgerufen, die sie vorher so erfolgreich abgespalten haben: tendenziell wird der böse Bote, der Aufklärer, immer mit Vernichtung bedroht, zumal, wenn der Budenzauber ökonomisch erfolgreich war.

## Wahre Geschichten II

C. berichtet bei einem netten Nachmittag auf einem Balkon von einem Heilpraktiker, der ihr ein Baumharz zur Wundheilung verkauft hat. Ihr macht das Sinn, denn der Baum benutzt das Harz ja auch zur Heilung seiner Wunden, daher ist es sicher für sie auch geeignet. Ich entgegne, daß ich neulich einen wissenschaftlichen Artikel gelesen habe, in dem der Wundheilungsprozeß der Pflanzen als grundsätzlich verschieden von dem der Tiere dargestellt wird. Der Hauptunterschied besteht nach Aussage des Artikels darin, daß Bäume ihre Wunden überhaupt nicht wirklich heilen, sondern sie lediglich isolieren und mit anderem, gesundem Gewebe umzingeln, wohingegen Tiere immer versuchen, erkranktes oder verletztes Gewebe abzustoßen und durch neues, gesundes zu ersetzen. Sie entgegnet in leicht aufgeregtem Tonfall, daß sie fest an die heilenden Kräfte der Natur glaubt. Ich überlege, ob ich sie darauf hinweise, daß ich die heilenden Kräfte der Natur nicht bestreite, sondern nur die Wirksamkeit des Baumharzes (wenn es denn wirksam ist) nicht auf die oberflächliche Strukturgleichheit zwischen Baumrinde und Menschenhaut gründen will. Ich lasse es aber bleiben.

## Lichtwesen

Ich habe gar nichts gegen das Licht der Erkenntnis und der Liebe, es sollte nur nicht so künstlich sein wie bei den Leuten von der Eso-Ranch. Dieses Licht, das ein nüchterner Kopf wie Max Frisch einmal als den Wind der Sympathie unter unseren Flügeln bezeichnet hat, verflüchtigt sich sehr schnell, wenn allzu lange darüber gefaselt wird. Es ist nicht herstellbar. Es kann nicht abgepackt, zwischengelagert und verkauft werden, wie die Esoterikindustrie das suggeriert. Es ist ein Geschenk, das uns unverdienterweise und ohne Gegenleistung zufällt.

Es ist gut und sinnvoll, anderen gegenüber freundlich zu sein, weil alle Menschen gleich sind. Es ist gut, sein Herz zu öffnen, weil ein liebloses Leben nichts taugt. Es ist gut, alle fühlenden Wesen mit Respekt zu behandeln, weil Schmerzen nicht gut sind. Jedes Esoterikseminar, das diese einfachen Grundsätze in abstrakter und verkomplizierter Form lehrt, verrät sie, weil es sie als Ware behandelt. Die Dreingabe alter Lichtwesen, von denen wir dann abstammen sollen, ist der höhnische Mummenschanz vor der eiskalten Berechnung, mit der das lose Geschwätz von Liebe und Erkenntnis an den Mann gebracht wird.

## Wahre Geschichten III

D. lebt in einer schwierigen Familiensituation. Ihr Mann läßt sie praktisch mit drei Kindern allein. D. ertränkt ihren Kummer in Liebe und springt von einer esoterischen Schule zur nächsten. Ihre Haut macht Probleme. Als sie darauf verfällt, wie es einige Zeit lang unter Alternativmedizinern hip ist, morgens ein Glas ihres eigenen Urins zu trinken, wird sie krank. Sie bleibt es, solange sie die Praxis beibehält. Eines Tages will ihre Schwester sie besuchen, um ihr praktisch und moralisch ein wenig unter die Arme zu greifen. D. lebt in einer Großstadt. Weil die Schwester die Reise nicht nur antreten will, um sich die Familienprobleme von D. anzuhören, sucht sie in Anzeigenblättern nach Kursangeboten, um sich die Abende zu vertreiben. Sie findet nichts außer Esoterik.

## Weise Frauen

Der spirituelle Feminismus ist ein besonders trauriges Kapitel in der langen Geschichte der regressiven Spiritualisierung politischer und ökonomischer Probleme. Von einer eisernen patriarchalen Machtpolitik auf ewig vertröstet, sexuell unterdrückt und ausgebeutet, in der Werbung als dämlich karikiert und von öffentlichen

Ämtern, von Bildung und Entscheidungspositionen ferngehalten, verfallen zu Recht empörte Frauen auf die Idee einer speziell weiblichen Geistesgeschichte, einer *Weltgeistin*, deren letzte Sprachrohre in Europa die sogenannten weisen Frauen gewesen sein sollen, die wohlfeilen Opfer des christlichen Verfolgungswahns. Sozial deviante Frauen, Unangepaßte, Unbeugsame, die sich zudem manchmal in medizinischen Künsten und vor allem den Mitteln zur Abtreibung auskannten, werden zur idealen Projektionsfläche für die Omnipotenzphantasien eines gedemütigten weiblichen Geschlechtsbewußtseins. Was die Männer verlachen und ausnutzen, wird spiegelbildlich zu Merkmalen der Überlegenheit: Die Regelblutung wird zum Kennzeichen einer urtümlichen »Blutsweisheit«, Gebärenkönnen zur göttlichen Macht, Stillen zum Stillen jeden Hungers, aller Schmerzen. Eingehüllt in den milchigwarmen Uterus der eigenen Illusionen läßt sich so die Tatsache leichter übersehen, daß man am gleichen Arbeitsplatz weniger verdient als der männliche Kollege, daß man entweder den sexuellen Zudringlichkeiten des gleichen Kollegen lächelnd ausweicht oder demnächst seinen Kram packen kann, daß man nicht wie das aussieht, was dieser Kollege für eine schöne Frau hält, daß man mit fünfundvierzig zum alten Eisen gehört, wenn der Kollege mit sechzig noch die Dreißigjährigen für gerade angemessen hält. Aus der realen Ohnmacht wird die phantasierte Allmacht. Was hätten die Kräuterfrauen, die damals am Rande des Dorfs wohnten und die gegen manche Zipperlein etwas wußten, wohl von der Idee gehalten, daß sie die letzten Repräsentanten der großen Göttin sind? Keine der spirituellen Feministinnen kommt auf die Idee, daß ihre Idealisierungen nur das Spiegelbild des mörderischen Wahns einer aufgescheuchten Klerikerkaste sind, die am Ausgang des Mittelalters wenigstens die Männerherrschaft sichern wollte, wenn sich schon ein Ende der absoluten Macht der Kirche abzeichnete. Nicht das Hochmittelalter war die Phase der Inquisition und der Hexenverfolgung, sondern die beginnende Neuzeit, in der die Kirche schon mit Schismen, Kritik und offener Revolte zu kämpfen hatte. In altbewährter Manier suchte sie sich zur Bannung gärender Unruhe die Schwächsten aus, wenn eine wachsende Schar männlicher Reformer, Ärzte und Wissenschaftler aufgrund gesellschaftlicher Stellung und taktischen Geschicks schon nicht greifbar war. Der Hexenwahn war der Abwehrkampf einer in Bedrängnis geratenen Machtelite, die die Emotionen des ihr unterworfenen Volks durch blutige Spektakel zu bannen versuchte. Die spirituellen Feministinnen tun den Opfern einen Bärendienst, indem sie den berechneten Projektionen der katholischen Heuchler genauso irrationale Allmachtsphantasien und besoffene Idealisierungen entgegensetzen. Ihnen selbst nützt es heute auch wenig. Vielleicht leuchtet ihnen die Mondin heller, sonst aber auch nichts.

## Wahre Geschichten IV

E., eine spirituell und politisch interessierte Hebamme, weiblich und stark, zart, verletzbar und voller Kenntnisse, ist mein ein und alles. Sie hat mich an ihr Herz gelegt, nachdem mich meine vorherige Freundin zum Teufel gejagt hat. Eines Tages drückt sie mir das Buch einer spirituellen Feministin in die Hand. Es handelt von der männlich bestimmten Nuklearwirtschaft, der unabänderlich folgenden Verseuchung und den weiblichen Abwehrmöglichkeiten. Den Frauen wird geraten, ein speziell weibliches Energiefeld um ihre Körper herum zu erzeugen, das mit jeder Form von Strahlung fertigwird. Aufgrund ihrer Natur als Bewahrerinnen und Hüterinnen des Lebens sind nur Frauen dazu in der Lage, Männer nicht. F., die Autorin, glaubt offenbar allen Ernstes, daß sie, eingehüllt in das praktische Energiefeld, einen Atomkrieg überstehen kann, wo alles andere keinen Schutz mehr bietet. Ich frage E., ob sie diese Überzeugung teilt, und sie verneint. Als ich die kluge und sehr sympathische F. Jahre später persönlich treffe, spreche ich sie auf das Buch an. Sie schämt sich. Es ist ihr peinlich, daß ich das Buch gelesen habe und daß es von ihrem damaligen Verlag in unveränderter Form weiterverbreitet wird.

## Anything goes

Glauben heißt nicht wissen. Was gedacht werden kann, ist nicht dadurch schon real. Wer diese simple Unterscheidung nicht treffen kann, ist schon auf dem besten Weg zum Esoteriker. Planvoll soll alles zu einem indifferenten Nebel von Gewißheiten verschiedener Herkunft vermischt werden, damit zunächst alles denkbar und dann, im Handstreich, auch real wird. Es gibt Esoteriker, die sich nicht entblöden, ihre »Methode« als »phantastischen Realismus« zu bezeichnen, und sie versinken weder vor Scham im Boden, noch werden sie so lange ausgelacht, bis sie schweigen. Kants Rede von den vorgestellten Talern und den wirklichen Talern, die einstmals gegen die sogenannten Gottesbeweise gerichtet war, würde greifen, wenn die kritische Bestimmung der Philosophie noch Autorität hätte und so etwas wie Kritik im Handgemenge überhaupt noch möglich wäre.[4] Aber statt eines rationalen Diskurses zwischen Gleichberechtigten ist in unserer Form der Demokratie die Talkshow das Mittel der Wahl, um Wahrheit auszuloten, entsprechend die Ergebnisse. Hinzu kommt, daß die betrogenen Betrüger der Esoterik ja tatsächlich aus Phantasien Geld machen. Wenn auch schon ihre geneppten Kunden nicht reich werden, so doch immerhin sie selbst, und es grenzt wirklich ans Wunderbare, mit wie wenig wie viel verdient werden kann.

Die Kirche der Vernunft jedoch, zu der die Wissenschaft verkommen ist, hat gegen den Irrationalismus schon längst ausgepfiffen. Jeder neue Wahnsinn, den sie ausheckt, gibt ihren Gegnern mehr Kraft. Lügen, kleinliche Streitereien zwischen wissenschaftlichen Genies um Patente und Forschungsgelder, die prompte Bereitwilligkeit, jedem Machtirren jedes gewünschte Mordgerät an die Hand zu geben, billiger Betrug, Kurzsichtigkeit und bisweilen niederschmetternde Inkompetenz auf den selbst gesuchten, bis ins kleinste ausgeschnipselten Spezialgebieten haben die Autorität der Vernunftskirche so stark ausgehöhlt, daß sie ihren Gegnern ein allzu leichtes Opfer wird. Wie die Pfaffen aller Jahrhunderte haben die Weißkittel jedem Terror, jedem Unsinn, jedem Abgrund an Dummheit ihren Segen gegeben. Sie haben Verbrecherregierungen beraten und unterstützt, sie haben im Auftrag dieser Regierungen Waffen gebaut, die offensichtlich das Produkt kranker Hirne sind, sie haben in Konzentrationslagern grausamste Experimente an Wehrlosen durchgeführt, sie haben sich in Berechnungen vertan, die ein Gymnasiast fehlerfrei beherrschen muß, sie haben wissentlich Produkte und Technologien für gut befunden, die für ihre Anwender tödlich waren, sie haben alle Arten von Rassismen »wissenschaftlich« begründet und gerechtfertigt, sie haben gefälscht, gelogen, gestohlen und, wenn es opportun schien, gemordet. Mit ihnen war immer Staat zu machen. Alles war erlaubt, solange der Befehl von oben kam. Auf diese Weise sind die Kosten der Aufklärung so angestiegen, daß die Antiaufklärer sie mit Wohlbehagen gegen ihren Nutzen aufrechnen können. Die Kirche der Vernunft wird leichte Beute für das, was sie erledigt zu haben glaubte: das magische Denken. Allerdings werden wir nicht erleben, daß die Esoteriker auf die Kniffe der Wissenschaft verzichten. Ganz im Gegenteil, sie fallen ihnen wie reife Früchte in die Hände. Seit hundert Jahren sehen wir das seltsame Phänomen, daß sich die antimodernen Erben der Moderne mit den jeweils fortschrittlichsten Produktions- und Propagandamethoden bestens auskennen. Heute sind sie alle im Internet. Die magisch-naturbegeisterten Anthroposophen ringen schwer mit sich, bevor sie Homepages für »Weleda«, »Wala« und »Demeter« erstellen, und der Ringkampf dauert so lange, bis ihnen die Marketingabteilung erzählt, daß ihnen Umsatzverluste drohen. Andere heillose Heilssucher steigen, frisch von der Universität, das Betriebswirtschaftsdiplom in der Tasche, bei amerikanischen Sekten ein, deren Spiritualität darin besteht, aus möglichst vielen Leuten möglichst viel Geld herauszuholen. So spiegelt das kühl rationelle Verhalten der Irrationalen die Irrationalität einer Vernunft, die jede wirklich humane Perspektive verloren hat.

»Trotzdem« zu sagen ist immer das letzte Mittel. Wer »trotzdem« sagt, kämpft auf verlorenem Boden.

Es hat einen Geschmack von Wagenburgmentalität, von Verbohrtheit an sich, gegen die zigfache Übermacht des Gegners auf Positionen zu beharren, die kaum einen mehr interessieren. Trotzdem bleibt uns gegen die planvolle Vermischung von Wissen und Glauben, von Phantasie und Erfahrung nur das Beste an der wissenschaftlichen Tradition: die Skepsis. Ockhams Razor, das Bestehen auf empirischer Prüfung und auf der Reproduzierbarkeit von Experimenten, die Beachtung von Logik und common sense, die Frage danach, wem es nützt, die Forderung nach Transparenz, das Wissen darum, daß die Forschung oft dahin fällt, wo Geld und Macht schon liegen, die kritische Prüfung autoritärer Lehrsätze, all das ist heute wichtiger denn je. Ufologen und Pendelschwinger fürchten es wie die Pest, und zu Recht, denn es ist das einzige, was sie davon abhält, die Christen und die Aufklärer in einer Weise zu beerben, die keinem denkenden Menschen recht sein kann.

## Zusatz

Der Hegemonieanspruch der Rationalität kann nur dort glaubwürdig vertreten werden, wo er seine Grenzen kennt. Glauben und Wissen können nur dort voneinander zuverlässig getrennt werden, wo sie von beiden Seiten an die Membran drängen, die sie trennt. »Die wichtigste Funktion von Kunst und Wissenschaft ist es, ein umfassendes religiöses Gefühl zu wecken und lebendig zu erhalten.« Das hat niemand anders gesagt als Albert Einstein. Was wie eine Steilvorlage für den handelsüblichen esoterischen Unsinn klingt, ist das Gegenteil, weil eine persönliche Überzeugung hier eben nicht als Teil des wissenschaftlichen Werks selbst begriffen wird. Diese Überzeugung ist kein Teil der Relativitätstheorie. Einstein verdeutlicht durch diese Einlassung den religiös gefärbten humanen Hintergrund, vor dem er forschte und der den Vollrationalen, die später die Bombe bauen, immer fehlt. Es ist derselbe Hintergrund, der einen Joseph Weizenbaum so bitter und langanhaltend gegen die Wahnideen aus der sogenannten »Künstlichen Intelligenz« ankämpfen ließ. Als aufgeklärte Aufklärer haben beide die Fallen vermieden, die Intelligenz und Ehrgeiz so gerne aufspannen, vor allem für intelligente Leute, die glauben, daß sie alles können. Die Pauschalablehnung von Glauben, Phantasie, Gefühl und Intuition endet zu oft bei der Haltung des verbohrten Vernunftsklerus, der in seinen Hochsicherheitslabors nach allen Regeln der Vernunft den nächsten Alptraum kreieren und ihn in philosophischen Seminaren gelassen und vernünftig rechtfertigen. – »Denn Philosophie hat nicht die Aufgabe, Geschichte zu sein, über die man in Hörsälen spricht. Philosophie hat die Aufgabe, Züchtung zu bewirken.«[5] Das ist, man staunt, ein Zitat von Max Bense aus der Zeit des Nationalsozialismus, und der schlechte Geschmack, den es im Mund hinterläßt, verdeutlicht schlagend die Reize, die die nur Rationalen dem Terror gelegentlich abgewinnen können.

## Noch einmal andersherum

Kräutermedizin kann wirken. Suggestion ebenso. Schamanen kennen sich mit Dingen aus, die der Schulmedizin bisher entgangen sind; das ist der Grund, weswegen die Pharmakonzerne jetzt auch den Urwald plündern, auf der Suche nach Wirkstoffen, die sie noch vermarkten können. Die Wirksamkeit der Kräuter und der psychischen Techniken, mit denen die Ethnomedizin arbeitet, ist allerdings kein Beweis für die Geister, denen sie angerechnet wird. Wenn das Kraut auch anderswo wirkt, dann sollte man nach dem Wirkstoff suchen, und genau das tun die Pharmakonzerne auch, in ihrem Sinn. Wenn Voodoo auf Haiti wirkt, anderswo aber nicht, dann ist das weder ein Beweis für die Geister noch gegen sie, sondern ein starker Hinweis auf die Suggestivkraft der kulturellen Prägung. Man kann sich gut und gern zu Tode glauben. Das ist ein alltäglicher Zauber.

## Scheckreiterei

Zwei Kriminelle A. und B. eröffnen je ein Konto bei zwei verschiedenen Kreditinstituten. A. schöpft seinen Überziehungskredit aus und überweist das Geld an B. Der wiederum gewinnt dadurch einen höheren Kreditrahmen, schöpft ihn aus und überweist das Geld an A. zurück. Ziel der Übung ist es, solange unentdeckt mit Krediten Pingpong zu spielen, bis sich das Abräumen eines der beiden Konten lohnt und man mit dem abgehobenen Geld verschwinden kann. Während diese kriminelle Form der Wertschöpfung aus dem Nichts durch Computerüberwachung bei den Banken der Vergangenheit angehört, ist sie bei den Esoterikern heute beliebter denn je. Ein Esoteriker zitiert den bücherschreibenden Gesinnungsfreund als anerkannte Autorität, um seine Ideen zu »belegen«. Der Zitierte weist mit Stolz auf das Zitat bei seinem allseits beliebten und anerkannten Kollegen hin, und so zitiert man einander im Kreis herum, bis feststeht, daß es Atlantis wirklich gegeben hat oder, wie gehabt, daß die Juden an allem schuld sind. Das Gesagte gilt im Quadrat, wenn die Teilnehmer an diesem Ringelpiez mit Anfassen in irgendeiner Wissenschaft den Doktortitel davongetragen haben.

## Jungbrunnen

Alle sind ständig krank. Das paranoide Gefühl, immer bedroht zu sein, schlägt um in die immerwährende Vorsorge. Da man sich gegen das Atomkraftwerk zehn Kilometer weiter machtlos fühlt, bekämpft man die Strahlung wenigstens im eigenen Wohnzimmer, auch wenn es eine ganz andere ist. Plötzlich ist die simple Steckdose in Bettnähe brandgefährlich und muß mit Salzlampen bekämpft werden, die so häßlich sind, daß sie allein dadurch schon die Atmosphäre im Raum vergiften, ganz zu schweigen von der Tatsache, daß sie von innen elektrisch beleuchtet werden. Die trockenen Augen, der trockene Hals, das Jucken hier und das Zwicken da veranlassen unter dem Einfluß einer neuen Quacksalberkaste zu einem Verhalten, das eigentlich nur als schwer gestört bezeichnet werden kann. Man trinkt den eigenen Urin, quält sich durch Enthaltsamkeit von jahrzehntelang genossenen Lebensmitteln, pflanzt Gewürzkräuter nur noch bei zunehmendem Mond an, vertraut seine ganzen Ersparnisse totalitären Sekten an, um von ihnen als Mitglied akzeptiert zu werden, murmelt über dem Essen obskure Beschwörungsformeln, bastelt am Feierabend in Geheimgesellschaften an der Weltherrschaft. Aus dem Illustriertenhoroskop, dem

Amulett am Hals, der Vermeidung schwarzer Katzen, die die Ängste vor Krankheit, Alter und Tod beschwichtigen sollten, ist eine Dauerolympiade des Abwehrzaubers geworden, inklusive Rekordhaltern, Werbeeinnahmen, Kampfrichtern und Doping. Ärzte und Akademiker an führender Stelle immer mit dabei. Die wahre Krankheit, daß wir nämlich nicht wie Menschen leben, obwohl wir alles haben und uns zu Tode fressen können, während zwei Drittel der Weltbevölkerung nicht wie Menschen leben, weil sie nichts haben und vor Hunger sterben, wird nie benannt.

## Vom Schlagen und Vertragen

Die Christen dürfen gerne still sein. Sie waren für die modernen Veitstänzer die Vorturner von alters her, ihr Teufel ist der negative Gott der Satanisten, ihre Theologie ist das Urbild einer gegenstandslosen Wissenschaft. Jeder dahergelaufene Sektengründer wünscht sich die Machtvollkommenheit eines Papstes. Es ist in Deutschland noch immer so, daß die Kirchensteuer gleich von der Firmenbuchhaltung abgerechnet wird; derart an der Quelle alles Guten zu sitzen ist der feuchte Traum jedes organisierten Esoterikers. Es war das erklärte Ziel Hitlers, seiner Bewegung das historische Stehvermögen der katholischen Kirche zu verleihen, und er bewunderte ihre granitene Organisation sehr. Lehren wie die von der unbefleckten Empfängnis und der fleischlichen Auferstehung zu verbreiten und dabei gleichzeitig andere des Obskurantismus zu bezichtigen ist schon sehr frech. Bei den großen christlichen Kirchen, und vor allem bei der katholischen, finden wir folgendes: Einen charismatischen Bewegungsgründer, eine pyramidale Organisation, eine straff gegängelte und gängelnde Priesterschaft, unbelegbare Heilsversprechen und unhinterfragbar festgegründete Glaubensgrundsätze. Das alles garniert mit den üblichen Beilagen: militante Geheimgesellschaften, Finanzskandale, kriminelle Machenschaften etc. etc. Wenn die Gläubigen sich in eigenen Angelegenheiten regen, werden sie geduckt. Was diese Kirchen im Verlauf ihrer Geschichte unter »Ungläubigen« angerichtet haben, schreit zum Himmel. Und als höhnische Dreingabe, wie bei den neuen Kirchen auch, über all dem ein Zuckerguß aus Menschen- und Friedensliebe, der im Konfliktfall keinen Pfifferling wert ist. Das einzige, was die christlichen Kirchen neben ihrem Alter von »den Sekten« unterscheidet, deren Gefährlichkeit sie pausenlos beschwören, ist ihre langsame Erosion. Die über Jahrhunderte hinweg sich verbreiternden Risse im Gestein haben es möglich gemacht, daß wieder etwas Luft in das Innere eindringt, aber einstürzen wird das Gebäude deswegen noch lange nicht. Moderne Sekten bewundern die Dauerhaftigkeit ihrer geheimen Vorbilder und versprechen immer wieder neu, die Erschütterungen zu vermeiden, die den konventionellen Kirchen heute zu schaffen machen. Sie sind darin manchmal zu eifrig und steif und zerbrechen daran erst recht. Den klugen Gebrauch der Macht, das rechte Erosionsmanagement müßten sie erst noch von den Kirchenoberen lernen. Mal die Peitsche der Inquisition zu zücken und mal das Zuckerbrot der katholischen Soziallehre zu brechen, mal wie Luther die Juden ob ihrer Unmissionierbarkeit zum Teufel zu wünschen und mal den christlichen Antisemitismus in den dichten Nebelschwaden süßlicher Erklärungen zu verstecken: Das erst ist die hohe Schule der gesellschaftlichen Durchdringung. Ganz und gar am Puls der Zeit, versuchen die christlichen Kirchen das neue, hysterische Christentum zu umarmen, das ihnen von innen her das Wasser abgräbt. Schon tritt die offizielle protestantische Kirche als Mitveranstalterin bei Bekehrungsspektakeln amerikanischer Fernsehprediger auf, und der Papst hat nichts einzuwenden gegen Veranstaltungen auf den Philippinen, bei denen sich Einheimische kreuzigen lassen. Man weiß in den Zentralen genau um die Macht des Massenwahns. Es sollte mit dem Teufel zugehen, wenn sich die neuen von den alten Kirchen keine Scheibe abschneiden könnten und umgekehrt.

## Zusatz

Die Fehler der christlichen Kirchen werden gern mit dem Hinweis auf ihre guten Werke entschuldigt (Altersheime, Kindergärten, Bahnhofsmission und ähnliche soziale Aktivitäten). In der Tat ist ein Christ, der wirklich etwas gegen Armut und andere soziale Mißstände unternimmt, tausendmal besser als ein Marxist, der nur redet. Es hat auch immer Geistliche und Gläubige gegeben, die die Bündnisse ihrer eigenen Kirchenoberen mit der Macht denunziert und aktiv bekämpft haben. Wenn man aber nachfragt, welches der guten christlichen Werke ohne die Ideen von der unbefleckten Empfängnis und der fleischlichen Auferstehung unmöglich würden, herrscht peinliches Schweigen. Und niemals denken sie daran, daß sich ihre Schutzbefohlenen völlig zu Recht durch christliches Geschwafel beleidigt und belästigt fühlen könnten, niemals nehmen sie die Wunden ernst, die ihre Glaubensgenossen so beherzt bei anderen geschlagen haben. Interessant auch die Tendenz rechter Christen, sich mit den Leistungen linker Christen zu schmücken, wenn es ihrer Apologetik nützt. Kirchenfunktionäre, die ihrer Rhetorik nach eindeutig als Klerikalfaschisten bezeichnet werden müßten, zögern keine Sekunde, den christlichen Widerstand gegen Hitler in den Mund zu nehmen, wenn es ihnen gegenüber der Presse gerade in den Kram paßt. Im nächsten Atemzug bezeichnen sie Homosexualität dann als eine Todsünde.

Die Luft in den sozialen Einrichtungen des Christentums ist immer dort am besten, wo sich der christliche Mief schon verzogen hat und die Rattenfänger der Esoterik ihre Instrumente erst noch stimmen müssen.

## Wahre Geschichten V

G. gerät in eine Krise. Sie weiß seit langem, daß sie als kleines Kind sexuell mißbraucht worden ist. Ihrer Aussage nach trug der Gruppenmißbrauch Züge einer satanistischen Kulthandlung an sich. Sie ist in einem langen und qualvollen Prozeß in den Keller der Erinnerungen abgestiegen und hat immer besser damit leben gelernt. Jetzt aber gerät sie an einen toten Punkt. Sie möchte weiterkommen, einen Sprung machen, sich entwickeln. Nach langem Suchen gerät sie zuerst an einen sogenannten Heiler, der ihr während der zweiten Sitzung anbietet, zur Heilung mit ihr zu schlafen, aber nur dann, wenn sie ihrem Freund nichts davon berichtet. Das kann sie noch abwenden. Dann läßt sie sich in ihrem Heimatdorf ihr Taufversprechen neu abnehmen und ist von da an christlicher als Jesus. Kein Thema im

Gespräch, das nicht christlich gespiegelt wird, keine drei Sätze ohne den Namen ihres neuen alten Heilands. Selbst wenn sie schweigt, nimmt man wahr, daß sie am liebsten *immer* über Jesus reden würde. Sie erhält die Gelegenheit, ein freimaurerisches Logenhaus in einer norddeutschen Großstadt zu besichtigen. Die dumpf-sakrale Atmosphäre stößt sie ab. Wenig später fällt ihr ein Buch in die Hände, das sie über die angeblichen satanistischen Umtriebe der Freimaurer aufklärt. Nach den ersten Seiten der Lektüre hält sie das Buch für ein Zeichen von oben. Als sie ganz durch ist, steht für sie fest: Die Freimaurer sind's gewesen.

Ich gehe in meiner Stadt über den Marktplatz und bin zu sehr in Gedanken versunken, um die Horde von jungen Erwachsenen ernstzunehmen, die, kleine gelbe Fähnchen schwingend, auf dem Kopfsteinpflaster herumturnen. Was zunächst wie eine öffentliche Produkteinführung oder das Jahrestreffen von Pfadfinderveteranen aussieht, offenbart sich bei näherem Hinsehen als Rekrutierungsveranstaltung hysterischer Christen. Als ich das erkenne, ist es schon zu spät. Eine der Turbochristinnen tritt mir rotwangig und aufgeregt in den Weg. Sie hält mir ein Flugblatt unter die Nase, im selben Gelb gehalten wie das Fähnchen, das sie in der Hand trägt. Ihr Gesichtsausdruck sagt: »Lies das, oder du stirbst.« Als ich seitlich ausbrechen will, vertritt sie mir den Weg und hält mir den gelben Zettel noch etwas näher unter die Nase. Überrascht von diesem Niveau an Aggression und Aufdringlichkeit, finde ich keine Worte. Erst als ich sie anschreie, habe ich wieder freie Bahn. Beleidigt flucht sie mir hinterher.

Und wie sie sich gleichen. Während einer Kundgebung kommt die Kontaktbereichspropagandistin einer kommunistischen Splitterpartei auf mich zu. Sie hält in der Hand ihre Blättchen und reicht mir eines davon. Zerstreut nehme ich es an mich und blättere es durch; es steht zwar nichts Interessantes darin, aber da ich Flugblätter sammele, macht es mir nichts aus, auch dieses noch mit nach Hause zu nehmen. Immerhin hat mir die Konkurrenz vor fünf Minuten ein achtseitiges Pamphlet in die Hand gedrückt, das einige lesbare Artikel zu enthalten schien, vielleicht bringt ja auch dieses Blatt noch etwas anderes als die immer wiederkehrenden Verlautbarungen der Partei, man sei zwar nicht sehr groß, aber doch ungeheuer stark. Meine Hoffnung, daß ich von der Frau in Ruhe gelassen werde, nachdem ich ihr Altpapier entsorgt habe, sieht sich jäh zerschlagen, als die Aktivistin 2 DM von mir fordert, auf daß mir das Blättchen dann wirklich gehöre. »Wir würden ja arm, wenn wir alles verschenken würden.« Ich lehne ab. Daraufhin fordert die Aktivistin das Blättchen zurück, und sie erhält es. Nun denke ich, daß es gut ist, aber die Frau hat Blut geleckt. Da hat jemand einmal Interesse für ihre Zeitung gezeigt, was sie flugs in ein Interesse an ihrem Sektiererclub umdeutet. Und sie hat nun nichts zu verschenken, aber zu Veranstaltungen einladen, das will sie gern. Ein Stammtisch, ein Vorbereitungstreffen zur nächsten Demonstration, ein Grillfest in der Nachbarstadt. Noch im Weggehen wirft sie mir den Bescheid hin, auch Kinder seien bei den Treffen der Aktivisten willkommen, falls ich glaube, daß das ein Hinderungsgrund sei. Als sie endlich verschwunden ist, bin ich in Schweiß gebadet. Ich muß die Kundgebung dann verlassen. Mein Sohn, den ich im Kinderwagen vor mir herschiebe, will zum Spielplatz.

# Asien, Asien oder: Ein Tibeter in meinem Büro[6]

Sich offenen Auges zur europäischen Kultur zu bekennen macht nicht froh. Es heißt, sich zu einer Kultur der Schuld zu bekennen. Die letzten fünfhundert Jahre hat Europa eine höchst unglückliche Rolle in der Welt gespielt, und es ist vor diesem Hintergrund eben kein Zufall, daß der Faschismus hauptsächlich in Europa stattgefunden hat. Also sucht man nach dem reinen Land woanders. Indien war ein must für die Hippies, dann kam die Indianermystik Nordamerikas, heute ist es Tibet. Hohe Berge, tiefe Mysterien. Es kommt zu der eigenartigen Erscheinung, daß der Buddhismus in Tibet aufgrund der chinesischen Repression abstirbt, während er im Westen eine Renaissance erlebt, die stark neurotische Züge trägt. Um das Ideal der Projektion aufrechtzuerhalten, wird Realität einfach wegradiert. Weder die Tatsache, daß der Buddhismus wie jede andere Weltreligion seine Kriege, seine Schismen, seine Scharlatane und Perversionen kennt, noch die überaus starke Anziehungskraft speziell des tibetischen Buddhismus für okkultistische Quatschköpfe fallen ins Gewicht. Schon eine oberflächliche religionswissenschaftliche Betrachtung würde ergeben, daß der Buddhismus in seiner tibetischen Variante eine höchst eigenartige Verbindung mit einer animistischen Naturreligion eingegangen ist, der Bon-Religion.[7] Daher der okkulte Geschmack des tibetischen Buddhismus, den man sonst kaum in der buddhistischen Welt antrifft. Daß die Blavatsky, die Urmutter des Unsinns, ihre verquaste Rassenmystik auch mit angeblichen Reisen nach Tibet und dahergeraunten »tibetischen Mysterien« begründet hat, müßte eigentlich ein starker Hinweis darauf sein, daß hier, zumindest für

Europäer, Abgründe lauern. Daß eine ganze Reihe ranghoher Nazis sich für Tibet begeisterte, und zwar unter Rückgriff auf eine militante Form genau dieser Blavatskyschen Rassenmystik, daß Himmler die Judenvernichtung mit der Behauptung rechtfertigte, die Juden würden eben für schlechte Taten in früheren Leben bestraft, daß jemand wie C. G. Jung, der zeitweise ein glühender Anhänger des Nationalsozialismus war, das tibetische Totenbuch kommentiert hat, von all dem wollen die tibetisch-buddhistischen Proselyten nichts wissen. Es müßte doch nachdenklich stimmen, wenn sich der Dalai Lama selbst über die tibetischen Mysterien sehr skeptisch äußert, während seine Bewunderer in Europa alles glauben, was ihnen unter dem Etikett »Tibet« untergejubelt wird. Wäre der Weihnachtsmann Tibeter, sie würden wieder an ihn glauben. Für sie ist Fakt und nicht Legende, daß sich »hohe« Lamas unsichtbar machen können. Das sind in Wahrheit religiös bemäntelte Allmachtsphantasien, die heute schon wieder durchaus politische Konsequenzen haben, wenn Neonazis Tibet für ihren eigenen Rassenokkultismus ausschlachten. Alles ist mißbrauchbar, aber es ist doch höchst merkwürdig, wie natürlich und harmonisch sich in der gegenwärtigen Tibetbegeisterung der rassistische Quark einer Blavatsky mit durchaus verständlicher Europamüdigkeit mischt. Schon hört man von esoterischen Veranstaltungen mit tibetischem Hintergrund, auf denen Flugblätter verteilt werden, die den Holocaust leugnen. Der Weltherrschaft müde, begeben sich die Europäer auf den langen Weg nach Tibet und begegnen dort ihren eigenen Schattenseiten – in Form des Hakenkreuzes. Die anderen sparen sich den Umweg und gehen bei »germanischen Glaubensgemeinschaften« und ähnlichem Gesummse lieber gleich in die richtigen Startlöcher.

# Wahre Geschichten VI

H. hat lange mit hohem Einsatz linke Politik gemacht, und es ist nichts daraus geworden. Wir verlieren uns für ein paar Jahre aus den Augen. Eines Tages ruft sie wieder an. Sie ist Buddhistin geworden, Tibeterin vielmehr. Das Gespräch ist freundlich und locker, man kennt sich. Ich schicke ihr einige meiner Arbeiten, zu der Widmung füge ich ein Scherzgedicht über den Zen-Buddhismus hinzu[8]. Sie versteht nicht, was ich sagen will. Zugeben will sie das nicht, statt dessen wischt sie alles mit einer Bemerkung ihres Meditationsmeisters vom Tisch, dem die Westler ohnehin zu clever sind. Da Weihnachten vor der Tür steht, wünsche ich ihr per Postkarte ein frohes Fest. Sie bespricht meinen Anrufbeantworter mit einem Gruß gleichen Sinnes, und daß ich nicht zurückrufen soll: Sie sei sowieso nicht mehr lange hier.

I. ist intelligent, gefühlvoll und stark. Sie arbeitet mit schwererziehbaren Jugendlichen und meistert Situationen, bei denen andere, die nur stark sind, versagen würden. Sie begeistert sich für den indischen Guru Sai Baba. Sie fliegt nach Indien und besucht seinen Ashram. Von dort zurückgekommen, ist sie des Lobes voll. Sie glaubt daran, daß Sai Baba einmal, während eines Festes, zum Spaß den Mond grün verfärbt hat, wie es einige seiner Jünger erzählen. Sai Baba lächelt von ihrem Bücherregal herunter. Bei einem Gespräch sagt I. mit einem seltsam gerührten Glitzern in den Augen, daß sie das Verschwinden des Wunders aus unserer kalten, rationalen Welt sehr bedauert. Ich lese in einem deutschen Nachrichtenmagazin einen negativen Artikel über Sai Baba, in dem auch seine martialische Leibwächtergarde beschrieben wird. Ich erwähne den Artikel I. gegenüber nicht, auch weil ich weiß, daß das deutsche Nachrichtenmagazin bei Bedarf lügt wie gedruckt. I. reist ein zweites Mal nach Indien. Als wir uns nach ihrer Rückkehr wieder treffen, sind alle Bilder von Sai Baba aus ihrem Zimmer verschwunden.

## Nicht so gemeint

### *Vorher*

Neu ist an dem esoterischen Humbug natürlich auch nichts. Was heute Esoterik genannt wird, hatte schon einmal eine Hochphase in Deutschland: nämlich in der Zeit zwischen dem I. und dem II. Weltkrieg. Als das Kaiserreich zerbrochen war und der Kapitalismus seine inszenierten Krisen feierte, wandten sich die Leute dem Übersinnlichen zu, um dort Trost, Zuspruch und Gewißheit zu finden, die ihnen im Alltag von der gesellschaftlichen Situation vorenthalten wurden. Ein bunter Strauß an Ideologien blühte auf, die, wenn sie nicht selbst schon durchaus faschistischer Natur waren (Ariosophen, esoterische Germanenkulte etc.), so doch immerhin dem heraufziehenden Faschismus in die Hand arbeiteten: Kritik, Skepsis und Rationalität waren beim Publikum nicht mehr gefragt und wurden durch unbefragte Akzeptanz »höherer Wahrheiten« ersetzt. Vor diesem Hintergrund eines öffentlichen Erlösungsbedürfnisses entstanden esoterische Kulte, die sich gerne mit dem Suffix »-sophie« schmückten, um den Ruf dessen zu erben, von dem sie sich abgewandt hatten: vom kritischen, aufgeklärten Denken nämlich, verkörpert durch die Philosophie selbst. »Theosophie«,

»Anthroposophie«, »Ariosophie«, und wie die Erbschleicher alle hießen (oder heißen), hatten und haben neben ihrem ausgeprägten Antirationalismus auch noch einige andere unangenehme Merkmale mit dem Faschismus gemeinsam: so z. B. den Rassismus (respektive Antisemitismus), den Glauben an die übernatürliche Sendung starker Führer, die Deszendenztheorie, den Antimodernismus usw. Bei dieser geistigen Nähe der Esoterik zum Faschismus ist es kein Wunder, daß sich die Führer des Nationalsozialismus weniger als Politiker denn als Initiierte verstanden, die einem mystischen Auftrag zur Rettung der »arischen Rasse« gehorchten. Einer der leider nur allzu fruchtbaren Schöße, aus dem der Faschismus immer wieder kriecht, ist nun einmal der Aberglaube.

## *Nachher*

Die Frechheit, mit der heute einige Esoteriker das Hakenkreuz als wertneutrales Symbol für höhere Pfade zur Erkenntnis hoffähig machen wollen, ist schon beachtlich. Einige Opfer der faschistischen Raserei leben noch, und schon sagen die Kinder und Enkel der Täter: Schwamm drüber! Ist doch nur ein Sonnensymbol aus Indien! Was regt ihr euch so auf! So spielen die unbedarften bis dummdreisten Esoteriker denjenigen in die Hände, die mit der Schlauheit der Bestien genau wissen, daß sich im Symbol des Hakenkreuzes wie nirgendwo sonst die militante Inhumanität zusammendrängt. In einer analphabetischen Kultur bringt nichts so sehr die Dinge auf den Punkt wie das Hakenkreuz. Keine langen Reden, kein großes Getue, einfach nur das Brandmal der geilen Gewalt. Wenn das Pack auch nichts sonst versteht, das Versprechen, das im Hakenkreuz liegt, versteht es immer: Unter diesem Zeichen wirst du deine Angst, deinen Haß, deine Dummheit gegen jeden austoben dürfen, der sich nicht wehren kann. Das Versprechen wirkt um so glaubwürdiger, als es bereits einmal eingelöst worden ist, daher auch seine ungebrochene Popularität. Es wirkt, *weil* es für den Massenmord steht. In dieser Hinsicht ist das Hakenkreuz das ultimative Zeichen. Und immer öfter bemerken Faschisten und Esoteriker, daß sie einander wohl schon immer grün gewesen sein müssen, wenn Figuren wie Himmler und Hitler selbst sich überhaupt nicht als Politiker, sondern als Seher begriffen haben. Man versteht sich. Nach außen hin die Harmlosigkeit selbst, stupft man sich untereinander in die Seiten und verbreitet Theorien wie die, daß die Juden den Holocaust selbst finanziert hätten.

Das Hakenkreuz, ein Archetyp? Gewiß. Ein historisch erzeugter.

## Träumende Teilzeitkräfte

Esoterik ist in den meisten Fällen eine Kompensationsstrategie der Ohnmacht. Das gedemütigte Metropolenbewußtsein sucht nach Tricks und Kniffen, die Schmerzen der Ohnmacht zu vermeiden. Daß der sanfte Wahn klassenübergreifend seine Opfer findet, hat damit zu tun, daß niemand vor Degradierung sicher ist. Die Stellung auf Lebenszeit, die gesicherte Rente – aus ökonomischen Gründen gestrichen. Die Umschichtung der Wirtschaft hat eine Verunsicherung zurückgelassen, die nur noch begrüßt, wer sich ganz oben wähnt. So machen sich die Manager mit einwöchigen Zen-Seminaren fit für die mörderische Umstrukturierung der Firma, während die Habenichtse von modernen Märchenerzählern in ein früheres Leben als Könige zurückgeführt werden. Das Subjekt erholt sich in der esoterischen Sauna von seinem ständig fortschreitenden Abbau. Ihm wird pausenlos zugeschrieen, daß es nichts ist, während die großen wirtschaftlichen Interessen alles sind. Bei den freundlichen Seminarleitern und -leiterinnen wird ihm hingegen erzählt, daß dem keineswegs so ist, und wenn doch, daß es einen Sinn hat. Irgendwie muß den bedrohlichen Mächten Paroli geboten werden, und sei es um den Preis des Überschnappens. Keineswegs geht es um die Lösung vom Ich. Das geknechtete Subjekt phantasiert sich vielmehr in einen Zustand der Einheit mit einem größeren Massensubjekt, dem nichts widerstehen kann. Fröhlich vereint, sind sie wieder wer. Wenn 18000 Ehepaare im Fußballstadion »ja« sagen, sagen sie Ja zur Auflösung in einem allmächtigen Gruppen-Ich. Das gedemütigte Subjekt sieht in den Zerrspiegel der Esoterik und bestaunt sich selbst in seiner wabernden Dehnung ins Unermeßliche.

Die Esoterik ist die Religion der Dienstboten, in einer Gesellschaft, die nur noch Dienstboten kennt, ob sie nun durch den Vorder- oder Hintereingang hereinkommen, ob sie noch Arbeit haben oder nicht.

## Nicht witzig

Ganz und gar unkomisch die Probleme, gegen die die esoterischen Verzweiflungstherapien in Anschlag gebracht werden. Die Gesundheit ist so gründlich wegreformiert worden, daß vielen der Quacksalber schon nähersteht als der Arzt. Ohnehin weiß jeder, wie oft die Ärzte sinnlose oder gar schädliche Medikamente verschreiben. Allfällige Medizinskandale tun ein übriges. Hautkrankheiten, Krebs, Sucht, schwere Allergien schreien nach Heilung, und allzuoft ist nichts möglich. Ein Gesundheitssystem, das mehr und mehr den Gesetzen des Marktes gehorcht, will sich die chronischen Krankheiten nicht mehr leisten, die die Gesellschaft gleichwohl pausenlos hervorbringt oder in vielen Fällen zumindest verstärkt. Die Stunde der Betrüger ist gekommen. Wie Aasgeier stürzen sie sich auf die Verzweifelten und wiegen die Hühnerscheiße, die sie anzubieten haben, in Gold auf. Auf einen Arzt, der wenigstens noch versucht, alternative Heilweisen empirisch auf ihre Potentiale abzuklopfen, kommen hundert Quacksalber, die tachionisiertes Wasser verkaufen, vergoldete Blechscheiben zur Raumdeionisierung, I-Ging-Stäbchen zur Hautreinigung, Sandalen, mit denen man sich Gesundheit erlatscht, angeblich physikalisch wirksame Boxen mit Stromanschluß, die nichts weiter beinhalten als ein paar Kabel und Widerstände. Der seelische Anlagebetrug kennt keine Grenzen, genau wie die Verzweiflung. Angst essen Seele auf.

## Wahre Geschichten VII

Im Park. Ich komme mit einer Mutter ins Gespräch, die ihr Neugeborenes dabeihat. Der Säugling ist schon auf weite Entfernung sichtbar krank. Sein Gesicht ist durch Neurodermitis so entstellt, daß ihm die Hände mit Tüchern verbunden sind, er soll sich nicht kratzen. Seine Mutter erzählt mir, daß man ihn weder tagsüber noch nachts auch nur fünf Minuten allein lassen kann, weil er sich sonst die Haut vom Gesicht reiben würde. Die Mutter, die für die Umstände, mit denen sie leben muß, erstaunlich gut gelaunt ist, erzählt mir von einem »Lichtgerät«, das sie neulich gekauft hat und das sie jetzt bei ihrem kranken Kind anwendet. Angeblich hat es ein »Hamburger Physiker« entwickelt. Es soll die »Frequenzen der Farben« über kleine Kontaktplättchen auf die Haut der Kranken übertragen. Ich frage nach, ob es sich vielleicht um eine spezielle Lampe handelt. Nein, nein, es geht nur um die »Frequenzen« der Farben, Licht kommt bei dem Gerät überhaupt nicht vor. Man drückt auf eine Computertastatur, und die kleinen Plättchen auf der Haut übertragen lichtlos die »Frequenz«. Die Frau betont oft während des Gesprächs, daß sie nicht weiß, wie das Gerät funktioniert, sie wirkt selbst etwas skeptisch. Ich weiß nichts zu sagen. In der gleichen Lage würde ich alles probieren, genau wie sie auch.

## Die schärfsten Kritiker der Elche …

Die Vollrationalen schlagen manchmal unversehens ins Gegenteil um. Gestern noch konsequente Materialisten, die nichts anderes gelten lassen wollen als die Physik, die kritische Theorie, den Marxismus-Leninismus, die Skinner-Box, beten sie heute dunkle Götter an. Der Grund ist meistens der, daß sie mit ihrer Vernunft an eine Grenze gestoßen sind, die sie nie wahrhaben wollten. Ein Todesfall, eine Krankheit, eine Trennung, und sie kippen um. Daß sich der Ersatz für die gedemütigten Strategien der Rechthaberei so mühelos einfindet, deutet darauf hin, daß es schon vorher mit dem rationalen Fundament ihrer Rationalität nicht so weit her gewesen sein kann. Die Fiktion der totalen Durchdringung, die dem abendländischen Rationalismus so lange Triebfeder war, kann überhaupt nur aufrechterhalten werden, indem die Ergebnisse rationaler Forschung ausgeblendet werden. Die Realität ist nicht so einfach. Der Laplacesche Dämon ist ein Popanz. In Wirklichkeit haben die Vollrationalen Rationalität als Angstabwehr mißbraucht: Die Gründe für alles zu wissen, auch wenn man sie nicht weiß, kann die Angst vor einer ungewissen Zukunft enorm besänftigen. Auf diese Weise gleichen sich die Rechtfertigungsstrategien der Theologen und der Rationalisten auf überraschende Weise. Für die Theologen hat alles einen Sinn, weil es Gottes Wille ist, für die eindimensionalen Rationalisten ist alles erklärbar oder wird in absehbarer Zukunft erklärbar sein. Die losen Sprüche der leichtfertigen Theologen erledigt die Geschichte, die losen Behauptungen der leichtfertigen Rationalisten die Wissenschaft selbst. Bemerkenswert die Sturheit der Vollrationalen, wenn es darum geht, ihr festgefügtes Weltbild neuen Ergebnissen ihrer eigenen Wissenschaft anzupassen. Es will und will nicht gehen, weil sie *es sich nicht vorstellen können*. Das genau ist ihr entscheidender Mangel: Sie haben keine Phantasie, genausowenig wie Humor, und auch darin gleichen sie religösen Dogmatikern. Wird die Ersatzreligion, zu der bei ihnen der Rationalismus verkommen ist, gründlich geschüttelt, kann sie schneller ausgetauscht werden, als man »Newton« sagen kann. Die Welt ist voll von Rationalisten, die zu glühenden Verehrern oder willigen Handlangern des Widersinns bekehrt wurden. Conan Doyle, der Sherlock Holmes als das Bild des Rationalisten schlechthin konstruierte, glaubte auch dann noch an Houdinis magische Fähigkeiten, als völlig klar war, daß er mit sehr feinen Instrumenten arbeitete, die zwischen seinen Zehen steckten. Eine der aktivsten Neonazibanden der USA, die »National Alliance«, ist von einem Physiker gegründet worden.[9] Daß einer wie Einstein vor einem religiösen Hintergrund forschte, während einer wie Heisenberg an Hitlers Atombombe bastelte, sagt in dieser Hinsicht viel.

## ... waren früher selber welche: Wahre Geschichten VIII

Anfang der neunziger Jahre begeisterte ich mich für Tarot. Ein paar Karten, die meiner Situation entsprachen, und ich war überzeugt. Sofort fing ich an, andere zu missionieren. Meine Freunde schüttelten die Köpfe. Ich ließ sie ihre Köpfe schütteln, wußte ich es doch besser. Ich machte aus dem Gedöns eine Wissenschaft. Tarot reichte bald nicht mehr, und ich begann, mich auch um all die anderen Systeme zu bemühen. I Ging, Runensteinchen im Samtbeutelchen, Totenbücher etc. Ratatouille ésotérique. Auf einer Party, die hauptsächlich von kernigen Linken gefeiert wurde, tauchte ich mit meinen bunten Kartendecks auf und suchte nach Kunden für die Wahrheit. Zwar kümmerten sich die meisten nicht groß um mich, aber einer der herbsten kam plötzlich auf mich zu und wollte von mir und den Karten wissen, wie es um seine Beziehung bestellt sei. Ich weiß nicht mehr, was ich ihm vorhergesagt habe. Es wird ein ziemlicher Schmarren gewesen sein. Aber er war rechtschaffen beeindruckt, der zufrieden-schokkierte Kunde eines weisen Mannes. Ein halbes Jahr dauerte der Spuk, dann wurde er mit der Realität konfrontiert und zerplatzte wie eine Seifenblase. Die meisten, die mich damals verlacht haben, glauben heute an alles mögliche, nur nicht an die Vernunft.

Neulich las ich in einer Wochenzeitungsbeilage einen Bericht über das Handlesen. Fotografien von Handflächen waren einer Handleserin unterbreitet worden, die dazu ihre Kommentare abgegeben hatte. Der Handleserin war die Identität der Personen, zu denen die Hände gehörten, angeblich unbekannt gewesen, dem Leser wurde sie per Kurzbiografie und Foto offenbart. Darunter auch Prominente, die jeder aus dem Fernsehen zu kennen glaubt. Insbesondere in bezug auf die Prominenten schienen die Aussagen der Handleserin erstaunlich detailliert und zutreffend. Da war z. B. ein ehemaliger Torwart der Fußballnationalmannschaft, als Raufbold bekannt, dessen Hand die Magierin angeblich angesehen hatte, daß dieser Mensch eine Kämpfernatur sei und daß ihm angesichts seines vorherbestimmten Schicksals auch gar nichts anderes übrigbleibe. Der gewünschte Effekt stellte sich prompt ein. Nachdem ich den Artikel gelesen hatte, betrachtete ich verstohlen meine Hände.

Eine Zeit lang pflegte ich die Idee, der Mond habe einen Einfluß auf meine Stimmung. Immer bei Vollmond fühlte ich mich nervös, überreizt, unruhig. Ich machte die Probe aufs Exempel und suspendierte den Glauben an den Vollmond, versuchshalber. Fortan konnte er mir nichts mehr anhaben, und er beleuchtete bloß noch den Nachthimmel, in all seiner unfaßbaren Schönheit.

## Enkrateia

Etwas scheinbar oder wirklich Wichtiges entdecken und darüber schweigen – unmöglich, wenn man als Esoteriker überleben will. Was unter den heutigen Marktbedingungen für die Esoteriker gilt, gilt für die Wissenschaft aber genauso: »Publish or perish.« Es gibt keine Zeit für Überprüfungen, denn das Fernsehen wartet schon. Die Wissenschaft möchte gerne ihren dunklen Schatten, den Irrationalismus, auslöschen und vernichten, man zeigt mit Fingern auf die Idioten, nur um sich selbst im gleichen Atemzug zum Trottel zu machen. Es ist kein Zufall, daß in letzter Zeit vermehrt Wissenschaftler durch miese Betrügereien auf sich aufmerksam gemacht haben[10], denn wenn sie ihre Forschungsgelder sichern wollen, müssen Ergebnisse her, egal wie. Ähnlich wie die Esoteriker sind sie zu jeder Lüge bereit, wenn der Glauben bei den Jüngern und den finanzierenden Gremien durch den Schein der Wissenschaftlichkeit gewahrt bleibt. Aber der Glauben will auch beim Fußvolk gefüttert, der Markt will gekitzelt, das Bedürfnis nach dem fetischistischen Reiz des Neuen bedient werden. »Wissenschaftler in den USA haben festgestellt« – haben sie, in der Tat? Kritische Untersuchungen haben oft genug belegt, daß erstaunlich viele »Studien«, was auch immer sie bewiesen, später zurückgezogen werden mußten. Die Berichtigungen wurden aber so weit hinten in den Zeitungen plaziert, daß sie neun Zehnteln der Leser entgingen, so daß sich die falsche Wahrheit in ihren Köpfen zur kaum verdauten Alltagsweisheit verpappte. Daß die Gschaftlhuberei der Weißkittel nicht neu ist und sogar zu den Fundamenten des Wissenschaftsbetriebs selbst gehören könnte, findet seinen Ausdruck in jenem Kinderlied von den Feststellungen der Wissenschaft: Die Wissenschaft hat festgestellt, daß Schokolade Schnaps enthält.

Es hat einmal einen esoterischen Kult gegeben, der das Schweigen so sehr zu seiner raison d'être machte, daß bis heute nicht geklärt ist, womit er sich eigentlich befaßte: der Pythagoreismus. Esoterisch war der Pythagoreismus ja nur im Wortsinn, denn das, wovon sich die moderne Esoterik absetzen will, die Philosophie als Theorie und Praxis der rationalen Weltbetrachtung, war buchstäblich noch inexistent. So schwankte der ursprüngliche Pythagoreismus als Geburtshelfer für das neue Paradigma auf der Grenze zwischen Magie und Rationalität hin und her und konnte den giftigen und albernen Stolz des Renegatentums noch gar nicht annehmen, weil es noch nichts zu renegieren gab. Das ist aber nicht der Punkt. Der Punkt ist, daß alles, was die Pythagoräer dachten, grotesker Unsinn gewesen sein kann, aber daß sie wenigstens darüber geschwiegen haben. Im Zeitalter der kalten Fusionen liegt der subversive Anteil der Aufforderung, doch zu schweigen, damit man Philosoph bliebe, in der Verweigerung eines Wissenschaftsbetriebs, dessen eigentliche Substanz die Redundanz ist. Analog dazu braucht der Schwachsinnsbetrieb des neuen Okkultismus das Megaphon, damit die Mitgliedsbeiträge nicht ausbleiben. Alles darf verborgenes und geheimes Wissen sein, nur nicht wirklich verborgen und geheim. Die geistige Elite schreibt Doktorarbeiten zum »Sack als Verpackungsmittel im südwestdeutschen Raum«, die Esoteriker fragen ihre Kristalle nach dem Ort, wo der Haustürschlüssel versteckt ist. Methoden und Ergebnisse sind gleich irrelevant, weil man ohne das Theater genauso weit gekommen wäre, aber der Titel ist erworben und die Gebühr bezahlt, und darauf kommt es doch schließlich an.

Nietzsche war ja der Ansicht, daß Alkoholismus und Christentum die größten Krankheiten der Menschheit seien. Vielleicht sind es aber in Wirklichkeit der Missionarismus der Gläubigen und die geistige Besoffenheit der Doktoranden.

## Frechheit siegt

Immer wieder verblüfft die Unverfrorenheit des Betrugs. Eine Australierin, die keinen Namen verdient, behauptet, sie lebe seit vier Jahren, ohne zu essen. Zwei Tassen Vanilletee und ein Glas Wasser täglich sollen es sein, die sie am Leben erhalten. Dem Gesicht der Frau, von der ein Foto in einer esoterischen Illustrierten abgedruckt ist, ist die Magersucht eingeschrieben, aber diese Verbindung können ihre Fans und die, die es noch werden wollen, nicht mehr ziehen. Nicht die ins Hohe und Höchste projizierte Anorexie soll es sein, die uns hier entgegentritt, sondern das Wunderbare geistiger Kräfte, die auf materiellen Nachschub gut und gerne verzichten können. »Nur wenn Menschen denken: ›Wenn ich nichts mehr esse oder trinke, sterbe ich‹ – dann sterben sie auch. Ich dagegen befahl meinem Körper sich bei 47 Kilogramm zu stabilisieren. Und das hat er getan.«[11] Wie nicht anders zu erwarten, wird die neueste Quatschologie mit Metaphern aus der Welt der Technik versetzt, um dem modernen Publikum verständlich zu sein. »Der Leib ist ein Computer, und das Gehirn ist die Software. Ich muß mich nur reprogrammieren.«[12] Was tut es da zur Sache, daß selbst die Metapher nicht stimmt, weil das Gehirn allenfalls eine Form der Hardware sein könnte, nicht der Software? Solche Beckmessereien zählen für die nichts, deren weiches Hirn sich schon in lauter esoterische Dunstflocken aufgelöst hat, damit sie von jedem neuen Hauch in die Luft gepustet werden können. Kräftig schütteln, Frau Holle! »Diejenigen, die diesen Weg wählen, nennen wir spirituelle Kriegerinnen, weil die Hinwendung zur pranischen Ernährung sowohl Disziplin und Mut als auch klare Verpflichtung erfordert.«[13] Aber gewiß. Die Disziplin zur Blindheit, den Mut zur Lüge, die klare Verpflichtung, ein Computer zu sein, der von jedem dahergelaufenen Quatschkopf »reprogrammiert« werden kann. Und natürlich geht die gute Frau, eine ehemalige Finanzexpertin, auf Tournee, verfaßt Bücher oder läßt sie verfassen, hält Workshops und ist allgemein dabei, Berge von Geld zu scheffeln, die sie in keinem Nobelrestaurant der Welt verprassen kann, erstens, weil es einfach zuviel ist, zweitens, weil sie öffentlich nichts essen darf. Das ist bitter. Aber in ihrem Fall mag die Befriedigung einfach in der puren Macht über ihre Jünger liegen. Man könnte das einen Fall von Protestantismus in der Esoterik nennen. Und was trägt sie auf dem besagten Bild an den Ohren? Anhänger in Kreuzesform. Doppelt gemoppelt hält besser, auch bei den Pranikern.

## Berufsberatung

Was soll aber einer auch tun, der sein unschätzbares Talent zur Manipulation entdeckt hat? Wohin mit einer nicht in Gold aufzuwiegenden Fähigkeit wie dieser? Die Geschichte einer scheinbar der Esoterik völlig unverwandten Szene sagt einiges aus über die kriminelle Energie, die beträchtliche Fähigkeiten zur Suggestion freisetzen können. Ich meine das Hackertum. Kevin Mitnick, der prototypische Hacker schlechthin, wird mittlerweile nicht mehr für das diabolische Genie gehalten, zu dem Justiz und Medien ihn schon in den achtziger Jahren aufgebaut haben. Angeblich soll er ja in der Lage (gewesen) sein, von einer Telefonzelle aus den dritten Weltkrieg auszulösen, aber andere aus seiner Zunft halten seine technischen Fähigkeiten eher für guten Durchschnitt. Ihrer Aussage nach liegen seine Stärken vielmehr im »social engineering«, jenem Gemisch aus Schauspielerei, Anmaßung und Geistesgegenwart, das Leuten wie Mitnick mehr als einmal die Paßwörter für hochsensible Systeme in die Hände gespielt hat, damit sie ihren Schabernack damit treiben konnten. Die Köpenickiaden, mit denen sie Sekretärinnen dazu brachten, militärische Geheimnisse zu verraten, Computerfachleute veranlaßten, die Mindeststandards für die Sicherheit ihrer Maschinen zu vergessen, oder einfach nur ahnungslose Telefonkunden an der Nase herumführten, sind das eigentliche Salz in der Suppe des Hackertums. Sie beruhen allesamt auf der subversiven und geschickten Ausnutzung von Konventionen, die das Schmiermittel unserer Gesellschaft überhaupt ausmachen, und appellieren gleichzeitig an die individuellen Ängste und Begierden, die von ebendiesen Konventionen im Zaum gehalten werden. »Social engineering«, »theatre invisible«, »Kommunikations-« respektive »Spaßguerilla«, »versteckte Kamera« usw. sind verschiedene Seiten ein und desselben Phänomens: Sie manipulieren den Glauben an die Gesellschaft als Naturzustand. Esoteriker aber sind spirituelle Hacker. Die Systeme, in die sie einbrechen, sind die Herzen und Hirne ihrer Opfer. Sie maßen sich in ähnlicher Weise wie die Hacker Autorität an (entweder durch »social engineering« oder durch technische Tricks), um ihren Geisterreichen den Anschein des Realen und Bewiesenen zu verleihen. Einmal mit der Kennmarke der »Selbstverständlichkeit« und der »Natürlichkeit« versehen, werden sie eine ungeheure Macht besitzen, zumal in einer Gesellschaft, die so enorme Produktivkräfte entfesseln kann wie die unsere. Dann werden durch die Magie der gesellschaftlichen Arbeitsteilung, der Technisierung und des materiellen Fortschritts die Ringe der Kraft, von denen sie träumen, wirklich wirken. Wie einst bei Hitler und seinen Spießgesellen.

## Warnung an die Ungläubigen

Der sanfte Wahn der Kristallbeschwörer findet sein Komplement in der gewalttätigen Raserei der Fundamentalismen aller Couleur. Das bewaffnete Spießertum, das auf einer Welle des Wahns und der Verzweiflung in die Weltgeschichte hineingesurft ist, schickt sich an, sie zu bestimmen. Und alle haben sie ihre Gründe. Spirituelle Meister verordnen aus der genehmen Residenz den Massenmord per Autobombe oder Giftgas, rechtfertigen die tausendfache Massakrierung von Zivilisten, belegen aufgeklärte Schriftsteller mit einem weltweit gültigen Todesurteil, sprechen rechtsradikale Geheimbündler des eigenen Glaubens selig, erschießen zu tolerante Ministerpräsidenten, und was dergleichen Totentänze mehr sind. Auch die Fundamentalisten nehmen alles wörtlich. Da ihre grundlegenden Schriften das Wort Gottes sind, muß man sie auf das Komma befolgen. Im Süden ködern sie die Menschen mit Versprechen, die der Staatssozialismus nicht einlösen konnte, und der Norden schüttelt scheinheilig den Kopf über die Verzweiflung, die er mit seinem ökonomischen Terror selbst erzeugt hat. Wie kommt es nur dazu, fragen sie sich, daß wir so gehaßt werden? Was müssen das für Menschen sein, die uns mit Autobomben, Giftgas und ähnlichem bedrohen, wenn wir doch die ganze Zeit nur ihr Bestes wollen? Im Norden dagegen organisieren die Spinner die Entfremdungsverhungerten um Verschwörungstheorien, die nationale und/oder religiöse Identität schaffen sollen, am besten gleich beides. Der militant religiöse Untergrund verschanzt sich in seinen Wahnideen wie in einem Schützengraben und wartet auf das jüngste Gericht, den Rassenkrieg, die gelbe Gefahr, die Zionisten, die Araber, die blauäugigen Teufel, die Ungläubigen oder wie auch immer der Feind definiert wird. Im Süden haben sie nichts zu fressen und glauben daran, daß ihre Führer auch Brot regnen lassen können, wenn die Fortschritte an der Glaubensfront nur zufriedenstellend sind, im Norden verteidigen sie chauvinistisch den noch gefüllten Kühlschrank und den geharkten Vorgarten wie die Siedler gegen die Indianer. Die Schnittstelle zwischen dem sanften Wähnen und Weben der Esoteriker und den Blutorgien, auf die der religiöse Fundamentalismus sich mehr und mehr versteift, ist die Sekte als eine Kirche, *die noch werden will*. Die

Spinnerei ist nicht mehr Privatsache, ein Gemeinwesen ist fest um einen Guru und seine Lehre organisiert, und im Handumdrehen ergibt sich die Notwendigkeit einer Polizei, eines Sicherheitsdienstes, eines Geheimdienstes, der die Schäfchen, ihren Glaubens- und Spendeneifer im Auge behält und gleichzeitig das heilige Zentrum vor Beschädigung von außen schützt. Auffallend oft verlassen sich Sektenführer auf den handfesten Schutz routinierter Fachleute. Wenn es ums Ganze geht, die Herrschaft in der Meute, die Finanzen der Organisation, verliert sich die schillernde Sanftheit wie der Geruch eines Duftöls, wenn die Kerze erloschen ist: Schluß mit lustig. Beim Geld hört der Spaß ganz schnell auf, und wenn sie schon nicht dafür sorgen konnten, daß jeder Jünger einen Rolls Royce bekommt, dann schützen sie doch wenigstens den eigenen Fuhrpark mit allem, was sie haben. Die Friedensbringer verlassen sich im Fall der Fälle eher darauf, daß die Wahrheit aus den Gewehrläufen kommt, als auf Gebete. Maoisten des Schwachsinns.

## Verpflanzung alter Bäume

*Schwarzlicht*

Die Erleuchteten, gleich welchen Geschmacks, sollen mir vom Acker gehen. Sie helfen einem beim alltäglichen Leben überhaupt nicht. Insgesamt kommt es mir so vor, daß trotz der bombastischen Beschreibungen einiger alter Meister aus Südostasien, die eher an die Marketingstrategien von Drogenhändlern erinnern (... »als würde dir die Schädeldecke weggerissen« ...), das –

*enlightenment* nicht mit sehr viel Licht einhergeht. Das Gute ist ja viel stiller als gedacht, kann aber hier nur noch Kunden finden, wenn es mit möglichst viel Remmidemmi daherkommt. Und so sehen dann in den westlichen Geschäftszusammenhängen Zen-Buddhismus und Sufismus wie die Schießbuden von Jahrmarktschaustellern aus, an denen der bekannte Zettel hängt: »Junger Mann zum Mitreisen gesucht.«

## *Bemeistert*

»Der Osten« bezichtigt »den Westen« ganz zu Recht des affigen und überspannten Individualismus. Als hätte das überhaupt etwas zu bedeuten, wenn irgendeiner in irgendeinem westlichen Land »Ich« sagt, wandelnde Reklamedeponien, die wir sind. Andererseits verdient der Meisterkult des Ostens viel mehr Mißtrauen, als ihm unter den Gottessuchern entgegengebracht wird, und in der »Begegnung der Kulturen« (die natürlich so nicht stattfindet und selbst bloß ein Marketinggag ist) wäre dieses Mißtrauen ein unschätzbares Tauschgut, wenn es denn noch authentisch genannt werden könnte. Wir haben hier unsere Meister schon gehabt, sie hörten auf die Namen faschistischer Diktatoren, und daß sie jetzt die Namen indischer Gurus tragen, sagt nicht immer etwas über diese Gurus aus, aber sehr viel über uns. Das Ideal der Autorität, das der Westen neuerdings in die verherrlichten Meister-Schüler-Beziehungen des Ostens hineinphantasiert, existiert dort nicht. Autorität ist in den besseren östlichen Traditionen nicht gußeisern, sondern flüssig, quick und kann oft genug die Inhaber wechseln. So zum Beispiel in jenem Koan, in dem der Meister dem Schüler einen

Stock präsentiert und sagt: »Wenn du nichts sagst, schlage ich dich. Wenn du etwas sagst, schlage ich dich.« Der in die Enge getriebene Schüler aber nimmt dem Meister den Stock aus der Hand, damit die Drohung aus der Beziehung, und löst nur so die Aufgabe zur vollen Zufriedenheit des Meisters. Im westlichen Verständnis von Meister-Schüler-Beziehungen ist eine solche Ironie nahezu undenkbar. Herr und Knecht mögen dialektisch aufeinander bezogen sein, die echten Mittel der Unterdrückung wechseln aber nicht einmal in den kathartischen Ritualen des Karnevals die Hände. Das Gelächter, mit dem der Osten seine Meister überschüttet, wenn er sie ernst nimmt, wäre ein weiterer Hinweis auf die notwendige Überprüfung des Paradigmas im Westen.

## Wege zur Versteinerung[14]

Die Anthroposophie ist der Katholizismus unter den esoterischen Lehren. Sie ist mittlerweile schon so alt, daß sie allein dadurch Würde gewonnen hat, die Patina auf den Bildern Steiners verleiht seiner Lehre den Ernst des Althergebrachten. Die Anthroposophen betreiben 168 Schulen in Deutschland, sie unterhalten sowohl ideologisch als auch ökonomisch starke Brückenköpfe in der Ökologiebewegung (»Weleda«, »Wala«, »Demeter«) und präsentieren sich insgesamt als eine sanfte Bewegung von Naturfreunden mit leicht schrulligen Ideen zur Architektur. Dann schlägt man einen der über 300 Bände auf, die die Äußerungen des Bewegungsgründers enthalten, und es hebt einem den Rock. Da werden zur Zeit des vollentwickelten Industriekapitalismus infantile

Wirtschaftssysteme entworfen, die einer Agrarkultur aus dem Mittelalter entsprechen, da wird Atlantis für bare Münze genommen, da werden krause Theorien über Botanik geäußert, die jeder wissenschaftlichen Betrachtung Hohn sprechen, da wird eine Physik betrieben, über die Archimedes gelacht hätte, da werden hahnebüchene Ernährungslehren formuliert, da wird ekelhafter Rassismus mit wolkig-spirituellem Räucherwerk umgeben. Allein die Tatsache, daß er solchen Nonsens in Vorträgen und Schriften verbreitet hat, die über 300 Bände füllen, sollte sehr nachdenklich stimmen. Es hat echte Genies gegeben, die einen starken Mitteilungsdrang hatten; man denke nur an Aristoteles, der auch Unsinn erzählt hat, aber dabei wenigstens auf der Höhe seiner Zeit war. Nicht so Steiner. Er kümmert sich um den Kenntnisstand seiner Zeit gar nicht, weil er keine Hoffnung haben kann, ihn aufzuholen, und erfindet das Rad in Form einer privaten Pseudowissenschaft neu. Weil es seines ist, darf es dann auch Ecken haben. Was er nicht versteht, oder was ihm nicht paßt, redet er solange mit einer nichtendenwollenden Kaskade aus Geschwätz nieder, bis es völlig verdrängt ist. Die klaffenden Löcher in seiner eigenen »Theorie« stopft er mit raunenden Andeutungen von höheren Einsichten, die er entweder gar nicht oder nur durch Querverweise auf Gleichgesinnte belegen kann. »Gewiß« und »bestimmt« sind zwei seiner liebsten Vokabeln, und während sie Gewißheit und Bestimmtheit simulieren sollen, bezeichnen sie das gähnende Nichts. Wo man das Lesezeichen auch hineinsteckt: Steiners Werk ist durchtränkt mit Bestimmtheiten und Gewißheiten, die er nicht belegen kann. Es besteht daraus.[15] Die folgenden Zitate stellen weder die krassesten noch die kontroversesten Beispiele für den Nonsens dar, den Steiner verbreitet hat. Sie markieren den guten schlechten Durchschnitt. Es ist wirklich gleichgültig, wo man sucht, Äußerungen wie die folgenden finden sich immer.

»Durch diese Fähigkeit – und das ist gerade das Ideal der britischen Geheimgesellschaften – sollen gewisse, heute der Industrialisierung zugrunde liegende soziale Formen auf eine ganz neue Grundlage gestellt werden. Es weiß jedes Mitglied dieser geheimen Zirkel, daß man einfach durch gewisse Fähigkeiten, die heute noch beim Menschen latent sind, die sich aber entwickeln, mit Hilfe des Gesetzes der zusammenklingenden Schwingungen in großem Umfange Maschinen und maschinelle Einrichtungen und anderes in Bewegung setzen kann. Eine kleine Andeutung finden Sie in dem, was ich in meinen Mysteriendramen an die Person des Strader geknüpft habe. Diese Dinge sind heute im Werden. Diese Dinge werden innerhalb jener geheimen Zirkel auf dem Gebiete des materiellen Okkultismus als ein Geheimnis gehütet. Motoren gibt es, welche dadurch, daß man die betreffende Schwingungskurve kennt, durch sehr geringfügige menschliche Beeinflussung in Tätigkeit, in Betrieb gesetzt werden können. Dadurch wird es möglich sein, vieles, vieles, wozu man heute Menschenkräfte braucht, durch rein mechanische Kräfte zu ersetzen.«[16]

Steiner behauptet hier allen Ernstes, daß eine Turbine unter Umgehung der Grundsätze der Physik in Gang gesetzt werden kann, indem man sie »andenkt« oder »anmeditiert«. Goldene Zeitalter standen uns bevor, als Herr Steiner noch wild in die Zukunft hineinphantasierte.

»Aber man wird, wenn das, was ich jetzt vor Ihnen mechanischen Okkultismus nenne, in das Gebiet der praktischen Wirksamkeit tritt, was ein Ideal jener geheimen Zentren ist, man wird nicht nur fünf- oder sechshundert Millionen Menschenarbeit leisten können, sondern man wird etwa tausendundachtzig Millionen Menschenarbeit leisten können.«[17]

Wenn nicht gar tausendfünfhundertzehn »Millionen Menschenarbeit«. Und der zeitgenössische Hinweis auf die Wunder der Zukunft? Ein Indiz dafür, daß das alles nicht nur die infantilen Wunschträume eines Spinners sind?

»Vielleicht ist Ihnen bekannt, daß Keely einen Motor konstruiert hat, der nur ging, wenn er selbst dabei war. Er hat damit den Leuten nichts vorgemacht, denn er hatte in sich selbst jene treibende Kraft, die aus dem Seelischen hervorgeht und Mechanisches in Bewegung setzen kann. Eine Antriebskraft, die nur moralisch sein kann, das ist die Idee der Zukunft; die wichtigste Kraft, die der Kultur eingeimpft werden muß, wenn sie sich nicht selbst überschlagen soll. Das Mechanische und das Moralische werden sich durchdringen, weil dann das Mechanische ohne das Moralische nichts ist. Hart vor dieser Grenze stehen wir heute. Nicht bloß mit Wasser und Dampf, sondern mit spiritueller Kraft, mit spiritueller Moral werden in Zukunft die Maschinen getrieben werden.«[18]

Ein Motor, der nur geht, wenn sein Erfinder dabei ist, ist kein Motor, sondern ein Schwindel. Aber mit der Frechheit des routinierten Marktschreiers geht Steiner über das eigene implizite Geständnis des Betrugs hinweg und galoppiert einfach fröhlich weiter, hinaus in die weite Wallachei. Und er ist ohne Scham in der Lage, seine Ohrenbläsereien über moralische Maschinen mit den eigenen »Mysteriendramen« zu belegen. Wo sind die Motoren, von denen er faselt? Kann er die Kräfte demonstrieren, die er behauptet? Nichts davon. Konzepte Steiners wie das vom »mechanischen Okkultismus« könnten noch als verschrobene Idee eines begabten Phantasten gelten, auch wenn es einem bei dem Gedanken kalt den Rücken herunterläuft, daß dieser Nonsens Schulkindern beigebogen wird. Bei anderen Ansichten Steiners vergeht einem das Lachen dann völlig. Es ist nicht nur gerechtfertigt, ihn einen Rassisten zu nennen, es ist absolut zwingend. Seine Übernahme der Blavatskyschen »Wurzelrassenlehre« macht es unausweichlich.[19] Sind alle Eltern, die ihre Kinder auf Waldorfschulen schicken, Rassisten? Wohl kaum. Die meisten kennen Steiners Schriften überhaupt nicht, sondern verlassen sich auf das mild-alternative Image der Anthroposophie in der Öffentlichkeit. Wenn sie einmal über die eine oder andere befremdliche Äußerung des Bewegungsgründers oder über seltsame Sitten an den Schulen stolpern, sind sie bereit, im Austausch für die diffuse Nestwärme, die ihnen die Anthroposophie in einer kalten Welt gibt, beide Augen zuzudrücken. War Steiner selbst ein Faschist? Nein. Er war nur ein Irrationalist, dessen spätromantische Schwärmerei, okkulte Geisteshuberei und dessen spirituell verbrämter Rassismus starke Affinitäten zur faschistischen Antiaufklärung haben. Er hatte es gar nicht nötig, sich selbst mit politischen Strukturen zu umgeben und Sturmabteilungen oder Schutzstaffeln zu gründen. Das Besondere an Steiner war die Fähigkeit, immer hart an der Grenze des vollentwickelten Wahns entlangzudelirieren und gleichzeitig mit einem ganz erstaunlichen Organisationsgeschick die Unterstützung der Mächtigen für seine Bewegung zu erlangen und zu erhalten. Bei einer extremen Begrenzung der sprachlichen Mittel mit allen reden zu können war eines seiner weiteren herausragenden Talente.[20] Er war durchaus in der Lage, 1919 vor Stuttgarter Arbeitern Marx als großen Mann zu loben, um ihn nachher Stück für Stück zu verdrehen und ihn der Relevanz für seine Zuhörer zu berauben. Die Zahl von 168 Waldorfschulen in Deutschland zeugt einerseits von dem sozialen Geschick, mit dem die Anthroposophen ihren esoterischen Eintopf unter die Leute bringen, andererseits von einem brennenden Verlangen nach Heil, Genesung, Natur und Sanftheit in einer Gesellschaft, die all das planmäßig abbaut. Die Durchschlagskraft, mit der Steiner seinen sanften Kreuzzug gegen die Moderne und das kritische Denken von Etappensieg zu Etappensieg geführt hat, machen ihn so bemerkenswert. Als soziologisches Phänomen ist die Anthroposophie interessant, ihre Lehre kann man dagegen getrost vergessen.

## Unter einer Decke

Sinnlos, sich mit Verschwörungen zu beschäftigen. Entweder ist eine Verschwörung geheim, oder sie taugt nichts. Einer wirklich geheimen Verschwörung auf die Spur zu kommen bedürfte eines Geheimdienstes, also staatlich sanktionierter Geheimbündelei. Was wir über diese Schattenwelt wissen, ist lückenhaft, widersprüchlich und wenig telegen, daher neigen Verschwörungstheoretiker dazu, Fakten und Fiktionen auf derart undurchdringliche Weise miteinander zu verweben, daß der Erkenntnisgewinn solcher Forschungen gleich Null ist. Wieso den X-files des FBI nachgehen, wenn die offenen und belegbaren Machenschaften des FBI selbst viel beunruhigender sind? Wieso sich mit Fiktionen befassen, wenn die Fakten erst noch gesichtet werden müßten? Die Antwort ist einfach. Die Fans der X-files wissen ganz genau, daß sie gegen das FBI nicht aufmucken würden. Instinktiv verhalten sie sich wie der geschlagene Junge, der gegen den Vater nicht aufkommt und in der Nachbarschaft nach komischen Typen sucht, die an seinem Unglück schuld sind. Weiß einer von ihnen über COINTELPRO Bescheid, das infame Schmutzprogramm des Büros, das in den Sechzigern und Siebzigern Linke »neutralisieren« sollte? Ist ihnen bekannt, was amerikanische (und andere) Geheimdienste in Südamerika treiben? Interessiert sich einer der X-nerds für die Experimente, die die CIA tatsächlich mit LSD an den eigenen Angestellten und anderen menschlichen Versuchskaninchen unternommen hat? Oder für die des amerikanischen Militärs mit radioaktiven Substanzen? Wenn, dann gehen diese Tatsachen als Requisite, als Realkulisse für abstruse Spekulationen in die Fernsehserien mit ein, die nichts mehr mit der Realität zu tun haben. Viel spannender sind die UFOs, die angeblich in der Area 51 versteckt werden. Den Armeen, Agenturen und Geheimdiensten kann der milliardenschwere Medienrummel, in dem sie mal als Helden, mal als Bösewichte auftauchen, nur recht sein. Er sorgt jederzeit für hochmotivierten Nachwuchs, und er verhindert gleichzeitig mit Nachdruck unangenehme Fragen nach der Legitimation ihres Treibens. Wer sich mit wohligem Gruseln über eine geheime Weltregierung aus schattenhaft Mächtigen und noch schattenhafteren Außerirdischen Gedanken macht, der wird wohl kaum auf die Idee kommen, nüchtern nachzufragen, was die realen Geheimdienste eigentlich mit den Milliardengeldern machen, die ihnen jährlich bewilligt werden. Die banale Antwort würde die Angstlust der Fernsehzuschauer nicht befriedigen, und sie hätte den unangenehmen Geschmack der Realität an sich. Statt dessen schaffen die Medien einen Mythos, der über dem banalen und höchst prosaischen Alltag der Geheimdienste eine Dunstglocke aus Vermutungen entstehen läßt: die Geschäftsgrundlage einer zynischen Endzeitesoterik, die das gruselige Gerücht käuflich macht. Die gruselige Wirklichkeit gerät dadurch außer Sicht, und das ist der Zweck der Übung.

Sich mit Verschwörungstheorien zu beschäftigen bringt auch im Zusammenhang mit Okkultismus und dem Sektenunwesen nichts. Wer sich mit den Machenschaften dieser Leute auseinandersetzt, ist ständig geistiger Kontamination ausgesetzt. Den Schund zu lesen, der durch Sekten verbreitet wird, ist auch für den eine Herausforderung, der ihn kritisch sichten will, weil er an die atavistische Paranoia und ganz allgemein an das Reservoir an Dummheit appelliert, das in uns allen ist. Daß *sie* heute so gut wie überall sind, rechtfertigt nicht die Annahme, *sie* seien überall. Die Lage ist ernst, aber wer sie auf eine bestimmte Art ernst nimmt, macht sich zum Teil der Lage. Man wünscht sich, man könnte zu den Sekten und Kulten eine Haltung einnehmen, wie Walter Benjamin sie zu schlechten Büchern eingenommen hat: »Der Kritiker ist der Stratege im Literaturkampf (...) Polemik heißt, ein Buch in wenigen seiner Sätze zu vernichten. Nur wer vernichten kann, kann kritisieren.«[21] Aber leider ist einem die Waffe der schnellen Vernichtung aus der Hand genommen, weil sie in der Auseinandersetzung mit der Esoterik wie eine bloße Spiegelung der schnellen Vermutungen aussieht, aus denen die Esoteriker ihre Lehren basteln. Also muß man zu viel von dem Schund lesen, wenn man ihn kritisieren will, und verdirbt sich dabei den Magen. Gelächter ist daher im Umgang mit Phänomenen der Massenhysterie und der Dunkelmännerei absolut überlebensnotwendig, nicht nur als Mittel der Enttarnung, sondern als Mittel der psychischen Reinigung. Wenn es soweit ist, daß man sich fragt, ob *sie* einen schon beobachten, sollte man spazierengehen und derweil das Zimmer lüften. So wichtig sind *sie* nicht, und so wichtig ist man selbst auch nicht.

## Zusatzklausel

Eine der unangenehmsten Nebenwirkungen der ins Kraut schießenden Verschwörungstheorien ist der Rückschlag, den sie in der Realität verursachen. Dinge, die nicht die Verschwörungstheoretiker, sondern reale Menschen in der realen Welt ausgeheckt haben und die bisweilen die abstrusesten Phantasien der Paranoiden in den Schatten stellen, können im Handumdrehen in das Reich der Phantasie verwiesen werden, weil sie so phantastisch klingen. Ein bürgerlich-liberales Bewußtsein, das, wenn überhaupt an irgend etwas, dann nur noch an der Fortschreibung des Status quo interessiert ist, hat als Ersatz für den totalen Ideologieverdacht, den Adorno ihm attestierte, den totalen Verdacht auf Paranoia entdeckt. Reflexartig wird jede Vermutung über die schattigen Rückseiten der offiziellen Politik und der offiziellen Zeitungsgeschichtsschreibung als »Verschwörungstheorie« gebrandmarkt, auch wenn Erfahrung und Geschichte manche dieser Vermutungen durchaus sinnvoll erscheinen lassen. Je deutlicher das republikanische Ideal einer informierten und mündigen Öffentlichkeit durch das klandestine Verhalten politischer und wirtschaftlicher Eliten ausgehöhlt wird, desto mehr muß so getan werden, als habe es noch Gültigkeit. Und es ist ja auch Vorsicht geboten gegenüber dem Gerede, die CIA sei an allem schuld, was bei Bedarf auch in die sattsam bekannten Wahnphantasien über die Allmacht der Freimaurer und der Juden umschlagen kann. Wenn sich aber dann die gentlemen's agreements und ihre katastrophalen Folgen als nicht nur theoretisch, sondern schlicht und ergreifend als wahr herausstellen, treffen sie auf eine abgestumpfte Öffentlichkeit, der die Realität plötzlich nur noch wie der neueste Aufguß einer Verschwörungstheorie vom letzten Fernsehabend vorkommt. Was im Film mit wohligem Schauder konsumiert wurde, erweist sich in der Realität als so bitter, daß es nur noch lähmt.

## Wahre Geschichten IX

Durch meine Stadt geht ein Mann, den ich »Die Faschistischen Geheimdienste« nenne, weil ich seinen wirklichen Namen nicht kenne. Er sieht aus, als lebe er auf der Straße. Pausenlos predigt er dem betreten wegschauenden Publikum, daß die »faschistischen Geheimdienste« in Deutschland alles kontrollieren, daß das Volk diese Leute bekämpfen muß, daß es in diesem Kampf um Leben und Tod geht usw. usf. Der seit Jahren gleiche Text wird in winzigen Einzelheiten variiert, leicht umgebaut und dann immer wieder und noch einmal abgespult, ohne Punkt und Komma. Wie bei einer gesprungenen Schallplatte. Weil er so heruntergekommen ist, genieren sich all seine potentiellen Zuhörer. Vielleicht hätte er eine wahre Geschichte zu erzählen, aber er versteift sich darauf, eine andere zu wiederholen, durch die die erste nicht hindurchscheinen will.

## Liebe, Geld, Glück, Gesundheit

Daß Suggestion die einzige Form der Magie ist, die in einem sehr begrenzten Radius wirkt, weil sie die Wahrnehmung eines Menschen verändern kann, wollen die Esoteriker nicht wahrhaben. Lieber unterschieben sie den verschiedenen Graden der Hypnose die Wirkungen geistiger Mächte. Dabei weiß jeder Esoteriker eines ganz genau: Ohne das primitivste Mittel der Suggestion, die Wiederholung, sind all seine Künste keinen Pfifferling wert. Wenn etwas gesagt worden ist, muß es noch einmal gesagt werden und dann noch einmal, bis sich die geistigen Mächte vor den inneren Augen der Kunden nur so tummeln. Klassisch der Fall der sich selbst erfüllenden Prophezeiung. Was dem Privatkunden recht ist, kann einer Gesellschaft aus Privatkunden nur billig sein. Eine fortgeschrittene Zivilisation unter dem Bann der Milleniumsangst schickt sich an, ihre eigenen irrationalen Ängste wahrzumachen. Computerprobleme, die durch die Unfähigkeit vorprogrammiert wurden, bis 2000 vorauszudenken, eine Weltwirtschaft, in der einige wenige Börsenspekulanten durch Finanztricks ganze Volkswirtschaften ruinieren können, die selbsterzeugte

Erwärmung der Erdatmosphäre, ein unbeirrtes Festhalten an der Atomenergie und die Proliferation von spaltbarem Material, Handel und Wandel mit chemischen und biologischen Kampfstoffen: all das steuert sichtbar auf Katastrophen zu, die im nachhinein dann Nostradamus gutgeschrieben werden. Die Menschheit schlägt sich selbst und fragt: wer ist's, der mich so quält? Und was der Privatkundengesellschaft recht ist, soll den Privatkunden billig sein. Das raunende Gefasel der Propheten früherer Jahrhunderte von Feuerwagen, dunklen Scheiben am Himmel und lautem Getöse in allen Lüften übersetzt sich bei den Pendlern, Kartenlegern und Handlesern in die Warnung vor bösen Menschen, den Ratschlag, kräftig zuzupacken und zu kleinen Kindern nett zu sein. Die eigentliche Herausforderung bei der Wahrsagerei besteht darin, allgemeine Konzepte, die immer zutreffen, mit einer gewissen Anzahl an konkreten Aussagen anzureichern, die stimmen können oder auch nicht. Der Wahrsager kann getrost darauf vertrauen, daß der Kunde in seiner Sucht nach Bedeutung und Struktur die Allgemeinheiten selbst konkretisieren wird, und sei es um den Preis des eigenen Schadens. Wenn die Zukunft derart bedrohlich wirkt wie heute, ist vielen ein sicheres Unglück lieber als eine vage Gemengelage, die vielleicht noch viel Schlimmeres enthält. Der Reiz der üblen Vorhersage liegt darin, daß man wenigstens weiß, woran man ist. Der nicht zu verachtende Mehrwert, einen Meister gefunden zu haben, der scheinbar weiß, wohin die Reise geht, ist im Preis für die Sitzung inbegriffen. Was konkret vermeldet wurde, darf durchaus falsch sein, weil das infantile Bedürfnis nach einem Führer den Anhängern Nachsicht befiehlt. Wieder und wieder hat man gesehen, daß falsche Vorhersagen der Glaubwürdigkeit von Hellsehern bei ihren Anhängern nicht schaden, sondern nützen. Wenn einmal feststeht, daß diese Menschen mit höheren Mächten im Bunde sind, kann kein Fehler ihnen mehr etwas anhaben. Im Gegenteil, ihre Fehlbarkeit verleiht ihnen den »human touch«, der sie den Fans erst wirklich nahebringt. Auch nur einer wie ich, sagen sie und menscheln sich dadurch ihren Guru so zurecht, daß sie doch noch hoffen dürfen, ihm irgendwann einmal zu gleichen.

## Wahre Geschichten X

J. lebt brüchige Beziehungen und hat Schwierigkeiten, sich für einen Beruf zu entscheiden. Aus einer verfahrenen Situation mit ihrem Partner heraus findet sie zu einem Meditationstrainer, der mehr sein will als nur ein Vorturner. Nachdem sie einige seiner Seminare besucht und einige Zeit in einer von ihm geleiteten Kommune verbracht hat, ist sie Feuer und Flamme. »Das ist ein Heiliger!« sagt sie und reißt dabei die Augen so weit auf, als sähe sie eine Erscheinung. Sie leidet ohnehin an einem leichten Basedow, aber wenn sie von ihrem neugefundenen Heil spricht, hat man direkt Angst um ihren Augeninnendruck. Jedesmal, wenn sie das Gespräch auf den Mann gebracht hat, denke ich: »Das mag sein. Aber wenn er dich zu einer so kuhäugig fraglosen Begeisterung verführen kann, dann kann mir seine Heiligkeit gestohlen bleiben.«

## Computerhoroskope hier!

Den Gläubigen verwandeln sich unverstandene Fetische der Wissenschaftskultur in animistische Fetische der herkömmlichen Art. Regression macht aus den Symbolen einer marktgesteuerten Aufklärung Altäre des Okkulten. Die Medien werden zu Medien. Die Geister melden sich nicht mehr in Seancen zu Wort, sondern in Radio- und Fernsehsendungen, hinterlassen ihre Spuren auf Tonbändern und Computerdisketten. Ein Geist, der wirklich etwas auf sich hält, spukt heutzutage im Internet. Swedenborg, Blavatsky und Steiner wären heute umgeben von Computersystemen, die den Zugang zur Geisterwelt automatisieren und so der Geisteswissenschaft erst die ökonomische Durchschlagskraft verleihen, die aggressives Marketing heute verlangt. Einem Publikum, das nur noch halbgebildet sein *kann*, verkaufen die Quatschologen ihre Produkte mit Hilfe der neuesten Strategien. Wahn und Methode gehen in der modernen Technik eine neurotische Symbiose ein. Dem Torfaufkleber auf dem Handy, der gegen Elektrosmog schützen soll, entspricht das computererstellte Horoskop, das noch genauer und noch bestimmter die nichtvorhandenen Einflüsse der Sterne auf die Dinge hienieden berechnen soll. Die mittelalterliche Frage danach, wieviele Engel eigentlich genau auf eine Nadelspitze passen, kehrt im Gewand der lichtlosen Lichtgeräte mit Computertastatur, der Computerhoroskope und ähnlicher Spiegelfechtereien zu einer Menschheit zurück, die es gerne besser wüßte, aber nicht weiß. Es sind rationelle Verkaufsstrategien des Irrationalismus. Sie möchten alle gern wie Jesus übers Wasser wandeln und sehen dabei aus wie jemand, der mit Schlittschuhen einen Zebrastreifen überquert. Schadenfreude erübrigt sich. Wieviele

Programmierer haben nicht irgendwann einmal ganz im Hinterkopf die Idee bewegt, die Maschine *lebe* doch? Die Installation von Windows 95 kann durchaus die Idee fördern, der Computer sei von einem bösen Geist besessen. Wer vom Normalpublikum weiß denn schon genau, wie ein Fernseher wirklich funktioniert? In die Lücken unseres Wissens, das nicht vollständig sein kann, drängen kindliche Erklärungsmuster, die so weit nicht von der Idee sind, in dem Kasten sitze ein Mann und sage das Wetter an. Unter bestimmten Umständen könnten noch viele zu der Idee verleitet werden, daß Gott aus dem Fernseher spricht, wenn man nur *genau genug* hinsieht.[22] Computerisiert feiert der Beschiß globale Urständ.

## Mosaiksteinchen hier!

Kleiner Fragenkatalog zur Diagnose. Der Leser muß leider selbst entscheiden, ab wievielen positiv beantworteten Fragen der Wert erreicht ist, der eine esoterische Gemeinschaft als Sekte kennzeichnet.

1 Gibt es einen charismatischen Bewegungsgründer?
2 Kostet die Mitgliedschaft viel Geld?
3 Wähnt die Gemeinschaft das Ende der Welt nah?
4 Werden allgemein anerkannte Tatsachen geleugnet? (z. B. durch Aussagen wie: »Die Erde ist flach«, »Die Erde ist hohl«)
5 Bilden die Mitglieder abgeschottete Kommunen?
6 Wird die ideelle, räumliche, ökonomische, psychische Trennung von der Gemeinschaft durch irgendeine Art von Druck verhindert?

7 Gibt es einen gemeinschaftsinternen Sicherheits- oder Geheimdienst oder eine Gruppe von Menschen, die sich nicht so nennt, aber de facto polizeiliche oder justitielle Gewalt innehat?
8 Hält die Gemeinschaft ihre zentralen Schriften oder Teile davon geheim?
9 Wird eine andere Gemeinschaft, Gruppe, ideologische oder ethnische Minderheit, Religion als der Urgrund allen Übels bezeichnet?
10 Herrschen Kleidervorschriften und Sprachregelungen in der Gemeinschaft?
11 Ist sie streng hierarchisiert?
12 Glaubt die Gemeinschaft daran, verfolgt zu werden, obwohl sich das faktisch nicht belegen läßt?
13 Behauptet die Gemeinschaft wiederholt von sich selbst, keine Sekte zu sein?

## Wahre Geschichten XI

Neulich im Internet. Große Sensation. Eine Homepage schreit die Neuigkeit heraus: NASA-Fotos aus der Umlaufbahn belegen, daß die Erde hohl ist! Als ich die entsprechenden links anklicke, bleiben die angesteuerten Seiten die Bilder schuldig. Statt dessen taucht in jedem Rahmen, der laut Legende ein Bild von »großen Löchern« enthält, die »ins Erdinnere führen«, ein Fragezeichen im linken oberen Rand auf. So kommentiert die Software unabsichtlich den Nonsens, den sie kolportieren soll.

K., praktizierende Esoterikerin, verbittet sich bei einer Party den Gebrauch des Wortes »Wahnsinn«. Ihrer

Meinung nach ist allein das Aussprechen des Begriffs in der Lage, psychische Krankheiten zu fördern. Die Festgesellschaft ist vor den Kopf gestoßen, man schweigt betreten. K's Partner wirft ein, er habe sich schon immer gefragt, warum sie bei diesem Wort so zusammengezuckt sei. Nach der Feier gehe ich mit K. und ihrem Freund ins Kino (»In weiter Ferne so nah« von Wim Wenders). Auf der Rückfahrt bricht K. im Auto in einen Weinkrampf aus. Unter Schluchzen stößt sie hervor, daß sie während der ganzen Party den Eindruck hatte, nicht ernst genommen zu werden. Die Stimmung ist bedrückt.

## UKW

Die einen beten den Geist an, der durch das Radio zu ihnen spricht, die anderen möchten ihren eigenen Geist vor der Verunreinigung durch die Medien schützen und lassen sie komplett hinter sich. Es kennzeichnet meistens ein fortgeschrittenes Stadium der Hingabe an den Unsinn, wenn ein Esoteriker sagt: »Fernsehen und Radio? Nein danke. Zeitungen lese ich auch keine mehr. Ich brauche so etwas nicht.« Der seltsame Glanz in den Augen der esoterischen Medienverweigerer kündet von ihrer Überzeugung, höhere, bessere, reinere Quellen des Wissens zu haben, die durch den alltäglichen medialen Wust aus Blut, Schweiß und Tränen nur verunreinigt würden. In Wahrheit ist ihnen der Mut zum Hinsehen vergangen, und sie möchten es nicht zugeben. Die Anstrengung, Nachrichten aus verschiedenen Quellen zu vergleichen, zwischen den Zeilen zu lesen, das Gedächtnis mit widersprüchlichen Meldungen zu den gleichen Vorgängen zu belasten, ist ihnen zuviel.

In Selbstverantwortung die Dosierung zu bemessen, in der sie sich dem Dreck der Welt aussetzen wollen, gelingt ihnen nicht. Die reflexhafte psychische Abwehr als Symptom der Regression gerät ihnen zum narzißtischen Beweis der eigenen Souveränität: Was brauche ich auf den Gipfeln der Wahrheit diese Niederungen der Alltagskultur? Zuzugeben, daß man eigentlich überfordert ist, und das mit gutem Grund, wäre eine Möglichkeit. Die Esoteriker wählen aber den Ausweg der narzißtischen Realitätsverleugnung. Und wie verlockend ist dieser Ausweg, wenn man nicht völlig abgestumpft ist und gleichzeitig seinen Stolz hat!

## Aber ich fühle es doch!

Das bloße Gefühl soll Authentizität verbürgen. Aber Erfahrung setzt nicht nur auf Gefühl, sondern auch auf seine Prüfung. Die Geschichte der Moderne ist die Geschichte der gesteuerten Erzeugung von Gefühlen. Auch das könnten sie aus der wachen Beobachtung der Medien lernen, wenn sie nur wollten. Gefühle allein beweisen nichts. Sie sind ein Spielball jeder nur denkbaren Psychotechnik, jedes Mummenschanzes, jeder Vernebelungstaktik, wenn sie auf Diskurs, Intersubjektivität und vor allem auf Überprüfung in der Zeit verzichten. Ein einmaliges Gefühl beweist nur sich selbst und ist daher noch keine Erfahrung. Das spricht nicht gegen die Intuition, wenn sie nicht verabsolutiert wird. Es kann durchaus sein, daß das Herz seine Gründe hat, die der Verstand nicht kennt, und an den Rändern des Bewußtseins kündigen sich Realitäten manchmal an, die sich für einen trägen Geist erst dann zur Gewißheit verdichten, wenn es zu spät ist. Geistesgegenwart heißt nichts anderes, als unter anstrengungsloser Anwendung aller Ressourcen die Spreu der Intuition von ihrem Weizen zu trennen. Geistesgegenwart bedarf der Erfahrung. Etwas bloß zu fühlen und ihm deswegen eine höhere Form der Wahrheit zuzuschieben markiert hingegen die Abwesenheit des Geistes.

## Ich weiß nicht wie, aber es funktioniert

Soll heißen: Ich selbst habe einen kritischen Abstand zu dem Budenzauber, aber ich muß mich der Überzeugungskraft seiner Wirksamkeit beugen. Diese Strategie ist besonders auf die Mißtrauischen zugeschnitten, die immer gerne wissen würden, wie etwas ist. Auf ihre rationale Grundhaltung stolz, fallen sie um so leichter auf den Beschiß herein, weil sie nicht glauben wollen, wie leicht auch sie durch Suggestion verwundbar sind. »Es funktioniert.« In der Tat? Funktioniert es auch wirklich? Was heißt in diesem Zusammenhang funktionieren? Sind nicht etwa nur die Standards gesenkt worden, nach denen man gewöhnlich das »Funktionieren« bemessen würde? Was hat dieses Funktionieren in finanzieller und psychischer Hinsicht gekostet? Esoteriker mögen diese Fragen nicht, sie entspringen ihrer Ansicht nach einer Kultur des Mißtrauens. Und tatsächlich liegt im Mißtrauen gegenüber den geistigen Führern die letzte Hoffnung, daß sie sich nicht auch in Reichskanzler verwandeln.

## Dem Nachbarn hat es auch geholfen

Es ist eine gängige Praxis von Kräuter-, Polit- und Seelenkulten, den Mitgliedern die Verführung von Nachbarn, Familienmitgliedern, Freunden in die Hände zu legen. Für eine geringe materielle oder spirituelle Provision, für ein winziges Stück vom großen Kuchen oder die Verkürzung des Fegefeuers werben die Mitglieder neue Mitglieder, und im schlimmsten Fall entsteht ein hysterisches Schneeballsystem, das sehr wohl in der Lage ist, großen Werbekampagnen Paroli zu bieten. Es ist eine Marketingstrategie, die mehrere Fliegen mit einer Klappe schlägt. Sie spart Geld, weil kein eigener Werbeapparat unterhalten werden muß, gleichzeitig wird eine möglicherweise vorhandene aktive oder passive Zensur umgangen. Wichtiger noch die unmittelbare Verbindung von Werber und Interessent. Den abstrakten Versprechungen zentral gesteuerter Medien traut ohnehin keiner mehr. Was liegt näher als die Perversion und Ausbeutung eines immer wieder brutal enttäuschten und deswegen um so drängender sich anmeldenden Bedürfnisses nach Unmittelbarkeit und »human touch«? Politiker schließen dieses Bedürfnis mit ihren eigenen kurz, indem sie Babys küssen, Kulte und Marktstrategen vertrauen auf organisierte Mund-zu-Mund-Propaganda.

Das Ganze kann auch gut und gerne in seiner nichtorganisierten Form funktionieren. Allein von Klatschsucht angetrieben und dem Wunsch, endlich einmal etwas zu bedeuten, dabei zu sein, rechtzeitig mitgemacht zu haben, tragen die Nachbarn die großen neuen Wahrheiten in Form des Gerüchts weiter und schließen sich, ansonsten radikal vereinzelt, in einem hysterischen

Ring der Kraft kurz. Auf der Straße lächelt man einander zu, weil man es besser weiß. Im günstigsten Fall steht am Ende die Enttäuschung, weil der Kräuterpapst in einem Gerichtsverfahren als Betrüger entlarvt worden ist, im schlimmsten Fall verbrennt man die Ungläubigen auf Scheiterhaufen, weil sie nicht mittun wollten oder weil ihnen die Fähigkeit dazu ohnehin abging.

## Wo soviel Rauch ist, muß auch Feuer sein

Harmlos und vernünftig kommt der Satz daher und ist doch eine der giftigsten Redensarten im Zusammenhang mit den Luftbuchungen der Esoterik, der Kulte, der Bewegungen. Man kann tatsächlich nicht nach Indien gehen, um zu prüfen, ob ein Guru wirklich fliegt, und wenn so viele es behaupten, wieso sollte dann nicht »etwas Wahres daran sein«? Indem die Welt zu einem Dorf geworden ist, wurde sie zu einem sehr seltsamen Dorf: man kann nämlich nicht einfach zum Brunnen gehen und nachschauen, ob das Wasser in Ordnung ist. Im globalen Weltdorf fließt ein seltsam entmaterialisiertes Wasser namens »Information«, und es hat selbst schon Züge des Gerüchts an sich, weil seine Qualität, so fern seiner Quelle, jeder Überprüfbarkeit entzogen ist. Wieviele Schadstoffe mag es enthalten? Andererseits ist es eine der herausragenden Eigenschaften der Intelligenz, aus ungeprüften Teilinformationen Gesamtzusammenhänge zu erschließen, die dennoch zutreffen. Wir verlassen uns jederzeit auf unzuverlässige Informationen, bis hinab zu der Ebene, wo wir einen Ball als solchen erkennen, obwohl er zu zwei Dritteln von einem

Türrahmen versteckt ist. Unsere evolutionäre Ausstattung schon empfiehlt uns, ungeprüfte Informationen zu Vermutungen zu verdichten, weil wir die Wege zur Entscheidung abkürzen müssen, bevor wir handeln. Darüber hinaus ist entwicklungpsychologisch eine Phase des Glaubens an unsere Eltern oder an sonstige Bezugspersonen unverzichtbar. Was uns die Großen sagen, müssen wir eine Zeit lang glauben dürfen, weil es uns die Welt erschließt und vor Gefahren warnt, denen wir sonst blind erliegen würden. Von vielen Seiten wird uns also der Glaube an unüberprüfte Aussagen nahegelegt. Gleichgültig, wie schwer wir später enttäuscht werden: Wir *wollen* glauben und vertrauen. Das ist die schärfste Waffe der Gerüchtemacher im Kampf um die Kontrolle unseres Bewußtseins. Was den fliegenden Guru angeht, so hilft der common sense: Es ist noch kein Mensch ohne Hilfsmittel geflogen. Wenn die Überzeugungskraft der großen Zahl als Argument bemüht wird (»Millionen gehören meiner Bewegung an«), hilft eventuell Sarkasmus: »Freßt Scheiße, Milliarden Fliegen können nicht irren!« Gegen den grundsätzlichen Wunsch, dem Schein zu glauben, Erscheinungen für Erscheinungen zu halten, hilft nichts.

## Das kann kein Zufall sein

Der stets unsichere Glaube an den universalen Sinn braucht Wunder und Zeichen, um nicht unversehens umzufallen. Für den wahren Esoteriker ist alles ein Zeichen. Der unerwartete Brief des lange verloren geglaubten Freundes, an den man ein paar Tage zuvor gedacht hat, die Bösartigkeit des Chefs, der, wie man hört, einer anderen Spiritistenclique angehört, das Erdbeben in Chile, der Regenguß, in den man schutzlos hineingerät, alles hat seinen speziell auf den Adepten zugeschnittenen Sinn. Warum auch nicht. In einer durch esoterische Simplifikationen verkehrt erschlossenen Welt, in der das Wichtigste das eigene, kleine Leben des Adepten ist, ist der universale Sinn immer der eine: Sinn macht, was dem Esoteriker nützt. Alles andere ist das Werk von bösen Mächten oder eine Prüfung der höheren Gewalten, und beides hätte erst recht Sinn.

Die wahren Wissenden wissen nicht nur, daß alles einen Sinn hat, sondern auch genau welchen: Die Welt soll sie wiegen, und zwar sie speziell. Eingesponnen in mild umwölkte Omnipotenzphantasien, die die Angst vor der Welt bannen sollen, können sie sich nicht vorstellen, daß Dinge geschehen, die mit ihrem kleinen Leben nichts zu tun haben. Da alles eins ist, sind sie eins mit allem, alles betrifft sie, alles geht sie an, wörtlich. Wie praktisch, daß ihnen in einem Atemzug mit der universalen Verantwortung auch die universale Verantwortungslosigkeit attestiert wird, denn da alles der Wille höherer Mächte ist, dürfen sie eins mit allem sein, brauchen aber die Gebühr dafür nicht zu zahlen. Die meisten Gebete drehen sich ohnehin darum, daß der Blitz beim Nachbarn einschlagen soll, während man selbst bitteschön im Lotto gewinnen möchte. Auch das hätte seinen Sinn, denn der Nachbar, mit dem man sich um den Kirschbaum an der Grundstücksgrenze streitet, ist ein böser Mensch, während man selbst auf die wohlverdiente Belohnung für all die Frömmigkeit schon seit Jahren wartet. Ob alles einen Sinn hat und ob es Zufälle gibt oder nicht, ist eine philosophische Frage, auf die die Esoteriker mit den infantilen Antworten ihrer Abfallreligion reagieren, und immer stehen sie selbst heimlich im Zentrum des Geschehens.

Shit happens.

## Ich weiß nicht genau was, aber *etwas* habe ich gesehen

Ein weiterer Winkelzug der halbaufgeklärten Mysterienmanscherei ist der Rückzug auf den esoterischen Minimalkonsens. Wenn man schon nicht belegen, ja nicht einmal darstellen kann, worin die außergewöhnliche Erfahrung bestanden haben soll, so kann man immer noch eine black box postulieren, ein undefiniertes X, das sich nicht so recht fassen lassen will. Zwei Probleme werden so auf einen Streich gelöst. Man windet sich aus der vernünftigen Anforderung heraus, seine Behauptungen zu belegen, und umgibt gleichzeitig die eigene, paranormale Erfahrung mit dem Nimbus der totalen Fremdheit, auf den Esoteriker schwören wie auf nichts sonst. Außerhalb von allem, und doch hier. Das schlechthin Unfaßbare, nach unergründlichen Ratschlägen eingedrungen in die vollkommen erfaßten Mikrowelten privater Befindlichkeiten. Alle Wunder des Universums purzeln mit einem Mal hinein in die noch nicht ganz abgezahlte Wohnküche. Niemand bedarf des undefinierbaren Etwas mehr als die Ufologen. Von rationalen Zweifeln bedrängt, bleibt ihnen meist nichts anderes, als das Wunderbare auf den letzten Fluchtpunkt eines sprachlosen, totalen Nullpunkts der Erfahrung zu projizieren, der alle Bestimmung nach menschlichen Maßstäben von sich weist. Wenn das schlechthin Fremde sich dann doch konkretisiert, interessiert es sich vor allem für menschliche Körperöffnungen und stellt mit albernen Maschinchen Schabernack an, der früher den Zwergen, Poltergeistern und Wibblingern vorbehalten war. Wie die Geisterbeschwörer, die in »Wellen«, »Strahlungen«, »Schwingungen« die zeitgemäßen Ausdrucksformen einer Kommunikation mit dem Jenseits sehen, rühren die Ufologen ein Gebräu aus Heilserwartungen und Requisiten der Wissenschaftskultur an, das seiner Struktur und seiner Erscheinung nach durchaus einen wissenschaftlichen Anschein erwecken kann, aber auf nichts als unbewiesenen Behauptungen beruht. Mit diesem Vorwurf konfrontiert, produzieren sie entweder Zeichnungen von lächerlichen Raumschiffen oder ziehen sich trotzig darauf zurück, »etwas« gesehen zu haben, auch wenn sie nicht erklären können, was. Daß sie in 95% der Fälle Laserprojektionen, Flugzeuge, Wolken oder Fesselballons gesehen haben, interessiert sie nicht. Sie setzen auf die restlichen 5%, jederzeit bereit, die zehn wahrscheinlichsten Erklärungen für ihre Erfahrungen zu überspringen, um gleich ganz nach oben zu greifen: in den Himmel der fremden Engel, die die Weisheit von den Sternen bringen.

Ufologie ist der Lumpenzauber einer technologischen Kultur, die ihre aufgeklärten Wurzeln vergessen hat und an ihrer eigenen Inhumanität verzweifelt.

## Wahre Geschichten XII

Im März 1997 begingen 39 Mitglieder einer Sekte namens »Heaven's Gate« mit einer Mischung aus Alkohol und Barbituraten kollektiven Selbstmord. Sie glaubten, daß sie auf diese Weise an Bord eines UFOs gelangen könnten, das ihrer Meinung nach im Gefolge des Kometen Hale-Bopp unerkannt die Erde passierte. Sie hielten ihre Körper für bloße »Container«, die man loswerden müsse, um auf die »nächste Ebene« der Evolution zu gelangen, eben hin zu den Wesen von den Sternen, die sie gerne auf ihre Reise mitnehmen würden. In Videoaufzeichnungen von ihrem Massenselbstmord drückten die identisch gekleideten und mit identischen Kurzhaarfrisuren versehenen Mitglieder des Kults ihre Freude darüber aus, die Erde hinter sich zu lassen. Nur eine einzige Frau äußerte während ihres letzten Videoauftritts Zweifel, nichtsdestoweniger tötete sie sich zusammen mit den anderen. Die Schwester des Sektengründers sagte nach der Tragödie, daß sie nicht überrascht sei. Sie fühle bloß furchtbare Trauer darüber, daß ihr Bruder so viele Menschen zu einer so bizarren Entscheidung habe überreden können.

## We are the champions

Sie sind alle die Größten. Steiner attestiert den »germanischen Völkern« Überlegenheit von alters her, die »Christian Identity«-Verrückten in den USA bezeichnen die Juden als die »Kinder Satans«, während sie selbst die wahren Kinder Gottes sind, jüdische Eiferer von der JDL glauben daran, daß eine Million Araber nicht einen jüdischen Fingernagel wert seien, die schwarzen Rassisten der Nation of Islam beschuldigen die »weißen Teufel« einer Auslöschungspolitik den Schwarzen gegenüber und halten die Homosexuellen für Abschaum, und so geht es immer fröhlich im Kreis herum.

Meistens attestiert man sich selbst eine besondere historische Rolle und duckt gleichzeitig den Feind, um das Wahnbild der eigenen Superiorität zu nähren. Die giftigeren religiösen und esoterischen Netzwerke verlassen sich oft auf Rassen- oder Glaubensnarzißmus, der auf Minderwertigkeitsneurotiker wie ein Lockstoff wirkt. Die Auserwählten, die Reinen, die Gebenedeiten, sie allein sieht Gott mit Wohlgefallen, und um rein zu sein, ist jede Form der Gewaltanwendung gegen andere und auch sich selbst erlaubt. Dem Vernehmen nach müssen sich Opus Dei-Mitglieder zwei Stunden täglich mit einem »Bußgürtel« quälen und sich einmal wöchentlich geißeln. Wie lange müßte man wohl darauf warten, daß sie diese Art der Reinigung auch bei Ungläubigen anwenden, wenn ihnen die weltliche Macht dazu gegeben würde? Nach Adorno ist der Faschismus immer auch dadurch gekennzeichnet, daß zwischen Aggression gegen sich selbst und Aggression gegen andere kaum noch unterschieden werden kann. Der spirituelle Wahn, versehen mit der selbstausgestellten Lizenz zum Töten, ist an der Schwelle zum dritten Jahrtausend zu einer Weltmacht angewachsen. Willkommen im Mittelalter.

## The scoundrel's resort

Wenn denn gar nichts mehr hilft, wenn der Unsinn allzu offensichtlich wird, verlegen sich die Esoteriker aufs Schmollen. Sie sind alle verkannte Genies. Wie wurde Galilei nicht angefeindet! Wegener verlacht! Was haben nicht all die großen Männer und Frauen vergangener Epochen alles erleiden und erdulden müssen, bis ihr Genie erkannt wurde! Rebellen um der Wahrheit willen, widerstanden sie dem Spott der Welt und triumphierten am Ende doch! Und so auch wir! Heute noch Witzfiguren, morgen die Könige der Wissenschaft! Wie so oft usurpiert die Esoterik auch hier geistige Erfahrungen, die andere hart erkämpft haben, und macht aus ihnen Spielmarken im Kampf um ihre Respektabilität. Geschmückt mit fremden Federn, verstecken sie ihre giftige Schmuggelware im Zweifel am Althergebrachten, in der Kritik an der Akademie, und vergessen über dem Eifer, mit dem sie ihr Geschäft betreiben, die Selbstkritik und den Selbstzweifel, die wirklich innovative Wissenschaftler auszeichnen. Diese zweifeln nicht nur an den Weisheiten der Akademie, sondern immer auch an ihren eigenen. Esoteriker zweifeln an sich selbst nie. Das wäre auch viel zu gefährlich, weil ihr Geschwafel der Prüfung durch Erfahrung und Experiment niemals standhielte. Lieber spielen sie die Antiautoritären des Wissenschaftsbetriebs und stecken sich im vorhinein die Lorbeerkränze auf, die sie von der Nachwelt erhoffen. Aber, wie der amerikanische Astrophysiker Carl Sagan schon gesagt hat, beweist die Tatsache, daß viele Genies anfänglich verlacht wurden, nicht, daß jeder ein Genie ist, der sich lächerlich macht. »Sie lachten über Columbus, sie lachten über Fulton, sie lachten über die Gebrüder Wright. Aber sie lachten auch über Bozo, den Clown.«[23]

## Wahre Geschichten XIII

L., Exiljugoslawe, der vor dem Krieg in seinem Land geflüchtet ist, ist Mitglied einer kleinen Hybridsekte. Sie vermischt alle möglichen Glaubensinhalte miteinander und hat selbst sehr eigenartige Rituale eingeführt, die von der Gemeinschaft bei regelmäßigen Treffen mit Eifer ausgeübt werden. So wird zum Beispiel nach ganz speziellen Regeln Fußball gespielt, die unfaires Verhalten während des Wettkampfs ausschließen sollen. Auch glaubt der Sektengründer, selber Exjugoslawe, daß die deutsche Rechtschreibung die Laute der deutschen Sprache zu kompliziert umsetzt und durch die serbokroatische ersetzt werden sollte, weil dadurch viel Papier gespart werden könnte. Selbstverständlich bietet die Sekte ihre Kenntnisse auch in Form einer nicht billigen »Ausbildung« an, die man als Mitglied in jahrelangen Trainings, Kursen und Schulungen durchlaufen kann. Diese Ausbildung mit Erfolg abzuschließen bedeutet gleichzeitig, in der Hierarchie der Sekte aufzusteigen. Eines Tages erzählt mir L. von den Geschichtstheorien des Sektengründers. Seiner Ansicht nach dauert die Herrschaft der »germanischen Völker« nur noch zweihundert Jahre. Dann sind die »slawischen Völker« an der Reihe.

## Reiner Geist und Champignonsuppe

Interessanterweise funktionieren einige esoterische Strategien nur in Gesellschaften, die genug zu essen haben. »Alles, was ich brauche, kommt zu mir, und alles, was ich wissen muß, wird mir offenbart« – das kann ein durchaus vernünftiger Appell an die eigene Geduld sein. Es tut ganz gut, die eigenen Grenzen zu ertasten und dann darauf zu warten, daß sie sich von selbst erweitern. So kann das Bewußtsein darüber wachsen, daß man Bestandteil eines unübersichtlichen Netzes ist, von dessen Speichen man nur wenige in den Händen hält: Geistiges Gesundschrumpfen. Aber Geduld ist in einer planmäßig brutalisierten Welt ein Luxus der Satten. Zu den Hungernden im Süden kommt weder, was sie brauchen, noch wird ihnen offenbart, was sie wissen müssen. Es ist kein Wunder, daß das christliche wie das nichtchristliche Sektenunwesen z. B. in Südamerika eine nie dagewesene Blüte erlebt. Armut, Hunger und Verzweiflung schaffen einen Markt, der auf die Bekehrer wirkt wie ein Magnet auf Eisenfeilspäne. Die Sektenbrüder machen sich mit den letzten Ersparnissen ihrer Opfer davon, und nichts ist gekommen außer Enttäuschung, und nichts wurde geoffenbart außer Betrug.[24]

## Reinheit zum zweiten

Ein Hauptfehler der Spiritualisten liegt im Mißbrauch des Begriffs »Materialismus«. Dieser Begriff, der in ihrer Terminologie den Erzfeind kennzeichnet, ist ursprünglich der Name für eine Haltung der Erkenntnis, sie meinen aber entweder den materialistischen Lebensstil oder wollen die materialistische Erkenntnishaltung durch die offensichtlich negativen Konsequenzen des Lebensstils kontaminieren. Der ernstzunehmende Zen-Buddhismus zum Beispiel hat aber mit antimaterialistischen Parolen nie etwas anfangen können: Er kündigt das Heilige im Profanen an. Achtsamkeit beim Wassertragen ist ihm das Höchste. Die Wachheit des Geistes beim Essen die Erleuchtung. Das verträgt sich schlecht mit dem Hohen und Höchsten, wie es die Supermarkt-Spiritualisten predigen, weil es dort immer um den »reinen Geist« geht. Der »reine Geist« der Spiritualisten ist der Hauptmann von Köpenick, dessen Schwindel nie auffliegt, die Prätention sein Markenzeichen, der Irrationalismus seine Masche.

## Spieglein, Spieglein

Seltsam sektenhafter Charakter der Sektenfeinde und Antiklerikalen. Das betrifft nicht nur öffentliche Kommissionen, die derart mit Sektenanhängern und bekennenden Irrationalisten durchsetzt sind, daß sich ihr Auftrag in das Gegenteil verwandelt. Es betrifft genauso Antiklerikale, die sich in abgeschotteten Gruppen zusammenfinden und ihre Antikreuzzüge gegen Kirche und Religion in einer Weise zurüsten, daß sie selbst als Sektenjünger betrachtet werden müssen. Eiferer schreiben gewichtige Werke über die Verbrechen der Kirchen und wirken in ihrer manischen Fixierung auf den Feind wie das, was sie nicht sein wollen: Missionare. Die Glaubenslosen schließen sich zu Vereinigungen zusammen, lassen ihre Gründungsversammlungen fotografieren und wirken wie die Kirchen eines nicht anwesenden Gurus. Verschwörungsparanoiker sehen in jedem Verkehrsunfall die Psychokulte am Werk. Es ist, als wirkten Geisteshaltung und Organisationsformen ihrer tatsächlichen oder angeblichen Feinde in ihrer eigenen Arbeit weiter; wie unter einem dialektischen Fluch müssen sie immer noch einmal den Beweis für Adornos Aussage antreten, daß die Extreme sich berühren. Ruhig und gelassen den Finger auf die wunden Punkte des Feindes zu legen und sich zurückzuziehen, wenn man im Moment nicht durchdringt, ist eine schwer erlernbare Tugend. Die subtilen Verlockungen der Rechthaberei können jederzeit mit dem wahnhaften Glaubensdünkel von Sekten, Kirchen und Kulten mithalten, wenn es sein muß. Es ist durchaus richtig, von einer Kriminalgeschichte der Religiosität zu sprechen, sie pausenlos herauszugeifern macht keinen Sinn.

## Wahre Zitate

... die ganze Welt der Esoterik und viele liebevolle Geschenkideen ... entdecken Sie ihre angeborenen Fähigkeiten und wirklichen Begabungen mit der Numerologie ... Schwitzhütten, Teachings, Pfeifenzeremonien u. Heilungen mit einem der kraftvollsten noch lebenden Schamanen ... Sie suchen Impulse der beschleunigten Verwandlung? Wir setzen unsere kommunikativen Fähigkeiten, unsere Medialität und zahlreiche Techniken dafür ein, Ihnen genau das zu geben, was jetzt ansteht. Je freudvoller und wissender Sie im Körper mit großer Energie präsent sind, um so mehr können Sie tun, was sie wollen. Aloha. Unsere Methoden berufen sich auf alte Einweihungswege, sind aber auch neues, bisher unbekanntes Wissen ... Die gesendete Botschaft erreicht ihr Ziel durch Chakra-Talking + Aura Focusing + Yin-Yang-Balance Training + Individual/Group Awerness ... Reines energiereiches Trinkwasser selbst herstellen ist heute kein Problem mehr. Genießen Sie gesundes, reines und wohlschmeckendes Wasser. Dank Umkehrosmose und Dampfdestiller und HydroChristall-Wasservitalisierung oder mit tachionisierten Siliziumscheiben o. Glaszellen ... Neu! Bioenergetische Blutdiagnose, Institut analysiert Ihr Blut nach ganzheitlichen Gesichtspunkten. Ein eingetrockneter Blutstropfen genügt! Zusammenarbeit mit Therapeuten erwünscht! … Durch »Magie« den Partner zurückgewinnen oder einen neuen herbeizaubern! Das ist möglich, wenn du es wirklich willst! … Bringen Sie neuen Wind in Ihre Verkaufsregale! Alles, was Sie schon immer für Ihren Verkauf gesucht haben (und noch vieles mehr)! Steigern Sie Ihren Umsatz mit internationalen Neuheiten und Qualitätsprodukten von der Eso-Fach '98 … Trommeln, Speckstein, Wandern, Meditation … Befreiung von Fremdenergien und verlorenen Seelen. Clearing von Personen und Räumen, Esoterische Lebensberatung … Meditation und Gespräch aus dem Herzen, Pfalz – 18./19. Juli. Praxis Laber,[25] … Interessieren Sie sich für Hypnose, Astrologie, Reiki, Prana-Healing, Rebirthing oder gar für die neuesten Channel-Nachrichten von Atlantis? Wollen Sie Ihre Erfahrungen mit Edelsteinen austauschen? Dann kommen Sie nach Sedona – Sie werden auf eine Menge Gleichgesinnter stoßen[26] … alles Tun wird durch das Handeln zum richtigen Zeitpunkt leichter. Was man dazu braucht, ist Information, ein wenig Geduld, Selbstvertrauen und einen Mondkalender[27] …

Und es ist alles wahr. Ich schwöre, daß ich den Originalen bis aufs Komma treu geblieben bin. Sie reden wirklich so, sie stellen sich wirklich so dar und nehmen sich wirklich durch und durch ernst. Gleichwohl verraten sie den Charakter der Angebote durch ihre Sprache, die Universalsprache des faulen Zaubers. Ein Vergleich mit der frühen Werbesprache offenbart die schlagenden Ähnlichkeiten.

… Steckenpferd-Lilienmilch-Seife von Bergmann & Co., erzeugt rosiges, jugendfrisches Aussehen, reine, weiße, sammetw. Haut u. zart. blendend schönen Teint … BKA beseitigt O. u. X-Beine (Ohne Berufsstörung) –

Broschüre kostenlos – … Abstehende Ohren werden durch EGOTON sofort anlieg. gestaltet. Ges. gesch. Erfolg garantiert … Unschöne Nasen, erworben durch Fall, Stoß, Schlag, Kriegsverletzung, oder auch angeboren, entstellen jedes Gesicht. Unser 21. Modell des orthopädischen Nasenformers »Zellopunkt« mit 6 verstellbaren Präzisionsregulatoren und weichsten Lederschwammpolstern ist für jede Nase geeignet und formt die orthopädisch zweckmäßig beeinflußten Nasenknorpel normal …[28]

»Zellopunkt« und »Egoton« erweisen sich als nahe Verwandte von »Aura-Focusing« und »Clearing«, mit dem Unterschied, daß die einen eine äußere und die anderen eine innere Kosmetik im Sinn haben. – Muß man nicht doch zu dem Schluß kommen, daß manche der Esoteriker sich einen Jux machen? Es ist nicht so. Sie glauben es wirklich oder sind wenigstens wild entschlossen, so zu tun, bis die Verrechnungsschecks aller Kursteilnehmer eingetroffen sind. Und es ist wirklich kein Problem, für diese Angebote Kunden zu finden. Als vor Jahren der Therapiemarkt noch nicht so durchspiritualisiert war, warb ein echter Witzbold in einer Tageszeitung für »nonverbale Gesprächstherapie« und fand Interessenten en masse. Es ist seitdem schlimmer geworden. Muß das »Institut Laber« um Kunden fürchten, weil es heißt, wie es heißt? Gewiß nicht. Elisabeth von Stosch-Oppeln, Eshana Iris Früholz, Sylvia Müller Biedermann, Günter Mysliwetz und all die anderen dürfen getrost sein. Ihre Zeit ist gekommen. Wie lange sie dauert, können sie nicht wissen, und sie müssen das Eisen schmieden, solange es heiß ist. Interessiert sich heute noch jemand für Steckenpferd-Lilienmilch-Seife oder für Nasenformer? Also vorwärts. Von der esoterischen Lichtorgel geblendet wie die Kaninchen vom Autoscheinwerfer, sind die verlorenen Seelen zur Flucht unfähig.

## Zusatz

In der Zusammensicht offenbaren die alten Kosmetikanzeigen eine eigenartige, surrealistische Schönheit. Von heute aus gesehen wirkt ihr Anliegen und Auftreten pittoresk, putzig, liebenswert. Die frühe Werbung wirkt ungeübt, kindlich, der Betrug ist noch nicht zur vollen multimedialen Blüte aufgeschlossen, und fast möchte man diese Steckenpferd-Lilienmilch-Seife einmal in die Hand nehmen, um daran zu riechen. Hinter den grotesken Produkten werden Bedürfnisse sichtbar, die jeder verstehen kann. Wie das individuelle Gedächtnis böse Erfahrungen von ihrem Stachel befreit und letztendlich an allem etwas Gutes findet, so betrachtet sich das kollektive Gedächtnis die Werbung von ehedem und kann sich an den Betrug und die Gesellschaft, in die diese Angebote eingebettet waren, nicht mehr erinnern. Man sammelt solche Sachen mit Leidenschaft; sie sind ein Stück untergegangener Alltagskultur, der aktuelle Resonanzboden des ewigen Bürgerseufzers, daß früher doch alles besser war. Es war besser, es war schlechter. In vielem war es gleich. Und dennoch sieht man gerührt in den Anzeigen für Sommersprossencremes von 1920 das gerechte Bedürfnis, schön zu sein. Eine Zeit, in der man den esoterischen Humbug als Vorhang vor dem gerechten Bedürfnis nach Gesundheit erkennt und in der Anzeigen wie die obigen niedlich, putzig und liebenswert wirken, können wir uns noch nicht vorstellen.

## Kurz vor Ladenschluß: Was fehlt?

Obwohl ich hinsichtlich des Nonsensfaktors mit der Esoterik ganz zufrieden bin, gibt es doch noch einige Angebote, die ich vermisse. Nachfolgend einige Anregungen.

– Kinesiologie für Pflanzen – wenn Ihnen Ihre »grünen Freunde« lieb sind. Lassen Sie die psychische Belastung Ihrer Pflanzen nach dem System Grompper® austesten. Neu und absolut unschädlich. Keine naturfremden Chemikalien, kein Elektrosmog! Streßvermeidung u. – Balancing in Vorgarten u. Weizenfeld. Zier- und Nutzpflanzen profitieren gleichermaßen! Für Hobbygärtner u. Landwirte! Anfängerkurse jetzt!

– Spirituelles Jodeln. Entdecken Sie die urschreiähnliche Kraft der alpinen Gesangeskultur. Georg »Schorschi« Reitmeyer hat uralte Schriften zur spirituellen Dimension des Jodelns der Vergessenheit entrissen und dem modernen Menschen wieder zugänglich gemacht. Spezielle Atemtechniken führen Sie ein in eine Welt, in der Klang und Kraft harmonisch eins sind. Sommertrainings mit Schorschi auf der Glausneralm (Österreich), liebevolle Atmosphäre, Vollwerternährung, Komfortwohnungen mit TV, Dusche, Vollpension, Anmeldung bis spätestens 15. 4.

– Braunes Gold. Wie der Verzehr des eigenen Kots zu innerer Ruhe, Ausgeglichenheit und Weltfrieden beitragen kann. Von Dr. Ronalla Schmöltgen. Vielen erscheint es undenkbar, Frau Dr. Schmöltgen weist es in ihrem bahnbrechenden Werk nach: Der Verzehr des eigenen Kots kann zu mehr Gesundheit, Zufriedenheit und sogar zum Weltfrieden führen. Was bei den Schummguren des Kaukasus seit Jahrhunderten mit gutem Grund geachtete Praxis ist, sollte auch im Westen mehr Beachtung finden. Keine Kultur geht mit Kot so achtlos und respektlos um wie die moderne westliche »Zivilisation«. Lassen Sie sich von Ronalla Schmöltgen, die jahrelang bei den Schummguren gelebt hat, in den sinnvollen Gebrauch des eigenen Kots einweihen! Mit vielen Farbtafeln, leckeren Rezepten und einer Einführung des Ernährungswissenschaftlers Prof. Dr. Bernd Köster, 178 S., 49,80 im gutsortierten Buchhandel.

– Jahresretreat für kaputte Autos. Die Kfz-Werkstatt ist eine der Antworten auf technische Probleme mit Ihrem Auto, aber nicht die einzige. Der weitgeachtete Meditationsmeister Shri Garajandaja Müller, (Schüler von Konam Peng-Thok und Rotraud Prami Grünholz Grinzing), erfahren in allen wesentlichen Techniken, bietet in seiner liebevoll gestalteten Garage im idyllischen Schwarzwald erschöpften und ausgelaugten Autos eine Möglichkeit zum Rückzug. Besinnung auf das Wesentliche, Begegnung mit anderen Fahrzeugen in ähnlichen Umbruchsituationen, Zeit für Ruhe und Einkehr. Auf Wunsch (geringer Aufpreis) Einführung Ihres Wagens in die kraftvolle PS-Meditation, entwikkelt von Shri Garajandaja Müller. (Austauschwagen vermittelt kostengünstig der Autoverleih Siegfried Müller, direkt gegenüber.)

– Fliegen lernen mit Chief Eagleeye Thunderstorm, Schamane der Schwarzfußindianer. Die tiefverwurzelte Sehnsucht, fliegen zu können, die sich beim westlichen Menschen in Flugträumen und häufigen Fernreisen kundtut, hat eine reale Basis! Langgehütete Geheimnisse der Schwarzfußindianer werden in exklusiven Seminaren von Chief Eagleeye Thunderstorm enthüllt und führen Schritt für Schritt zum geistig gesteuerten

Fliegen. Chief Eagleeye kommt nur für eine Saison nach Europa, und die Teilnehmerzahl bei den vier verschiedenen Seminaren in den Pyrenäen ist begrenzt, also rasch anmelden! Jugendliche unter 18 Jahren bedürfen des schriftlichen Einverständnisses ihrer Eltern. Vorgespräch und Information bei: Rainbow Reisen, Freiburg i. Br.

– Astrologie für Haustiere. Alle fühlenden Wesen haben Seelen!!! Die Geist-Substanz Ihres Vierbeiners ist den astralen Einflüssen genauso offen wie Ihre!!! Feinstoffliche Mikrovibrationen werden durch energetische Strahlen von Planeten und Sternen angeregt! Madame Therese, empfohlen vom berühmten Weisheitslehrer Etelwulf Graf von Rieberdingen, macht Ihren Hund mit dem Schicksal bekannt. Katzen auch gern gesehen, Hausbesuche (Pferde u. v. a. m.) nach Absprache denkbar. Gleich anrufen!

– Jesus befiehlt!!! Macht Kreuze!!! Daheim, auf der Straße, überall!!! Verstreut sie, verschenkt sie, verschickt sie! Jedes kleine Kreuz ist eine Tretmine für Satan. Das Kreuz ist die Flagge von Jesus! Pflanzt sie auf im Herzen des Feindeslands! Kreuze machen ist Seligkeit. Wer 100 000 Kreuze gemacht und verteilt hat, kommt nicht ins Fegefeuer! Schon ein kleines Kreuz macht einen Ort dämonenfrei! Lebt im Zeichen des Kreuzes und Jesus sieht euch mit Wohlgefallen! Einhundert Kreuze pro Tag, und in drei Jahren seid ihr all eurer Sünden ledig! Jesus kommt bald, denkt daran! Schon blasen die Trompeten der Apokalypse. Wer Kreuze macht, ist vorbereitet. Wer Kreuze macht, wird von Jesus nicht übersehen, wenn da kommet der Tag des Gerichts. Kommt alle zur Crossparade in Berlin! Zeigen wir den Satansjüngern, den Rattenfängern, die mit ihrer unchristlichen Dekadenz das geistige Leben in Deutschland verpesten, daß Jesus auch hier noch Freunde hat! Jesus befiehlt!!! Amen.

Flugblatt der IHSV/MfJ (In Hoc Signo Vinces / Militante für Jesus)

## Was tun

Telekinese, Geisterseherei, Pendelschwingerei, Numerologie, Alchemie, Tarot, Steinheilerei, Astrologie, Handlesen, Ufologie, Wahrsagerei, Schamanismus, Satanismus, neochristlicher Missionarismus, Mondsucht, anthroposophisches Hupfdohlentum, kollektives Urintrinken, Turbotibetanismus und all die anderen daraus abgeleiteten und kombinierten Springtänze sind die neuen alten Kennzeichen einer Antihumanität, die die Aufklärung gerne beerben will, nachdem diese es versäumt hat, ihre großartigen Versprechungen einzulösen. Das blinde Bündnis mit der Macht, das die Okkulten von vorneherein suchen, weil es bei ihnen gar nicht zur Debatte steht, hat die Aufklärung ihrer moralischen Substanz ebenso gründlich beraubt wie die herkömmlichen Religionen der ihren. Der Paradigmenwechsel, der sich mit halbgaren Adaptionen der Kernphysik und ebenso halbgaren Adaptionen einer teilweise gefälschten Indianermystik Ende der siebziger Jahre ankündigte, ist näher gerückt, und die Schatten, die er vorauswirft, sind schon jetzt zum Fürchten. Man könnte meinen, Lachen sei die beste Medizin. Das ist auch bis zu einem gewissen Grad richtig. Das Gelächter der Kinder, die nicht an die neuen Kleider des Kaisers glauben, weil sie *sehen*, daß er nackt ist, war schon immer eine der wertvollsten Waffen im Umgang mit jeder Art von Usurpatoren. Wenn aber der esoterische

Nonsens die politische Sphäre bis zu einem gewissen Grad durchdrungen hat, und erste Anzeichen dafür sind erkennbar[29], dann wird die Aufgabe um vieles schwieriger. Bei diesem Punkt angelangt, wäre der *politische Kampf* die letzte Möglichkeit. Aufklärung ist nicht sexy. Müßte sie in den politischen Kampf um ihre Verteidigung eintreten, hätte sie denkbar schlechte Karten. Sie müßte sich bei diesem Kampf in einem starken Ausmaß auf *repressive* Mittel verlassen und trüge sofort den Makel des Althergebrachten an sich. Da sie selbst ein Mittel der Macht ist, würde die Erhaltung des Status quo als reiner Machterhalt von denen begriffen und vermarktet, die die Macht erst noch erlangen wollen.[30] Die planmäßig brutalisierte Klassengesellschaft, in der wir leben, nutzt die Vernunft in ihrer instrumentellen Variante mit atemberaubender Rücksichtslosigkeit zum Machterhalt. Sie sieht ihren großen Sinn darin, auf der einen Seite enorme Reichtümer anzuhäufen und die enorme Verzweiflung, die genau das auf der anderen Seite erzeugt, zu verdrängen und zu verwischen. Sich vor diesem Hintergrund über das Aufblühen und Gedeihen von Kulten, Sekten und Esoterik zu wundern ist der reine Zynismus.

Repression wird also nichts nützen. Toleranz aber auch nicht. Toleranz fordern am heftigsten die ein, die sie am wenigsten interessiert. Religions-, Gewissens- und Redefreiheit ist denen ein genehmer Schlachtruf, die all das nach der Machtergreifung sofort abschaffen würden. Appeasement macht gegenüber den Okkulten genausowenig Sinn wie gegenüber dem Rechtsradikalismus. Die Fanatiker der Dummheit werden sich niemals mit einem kleinen Stück, sondern immer nur mit dem ganzen Kuchen zufriedengeben, gerade das ist eine Kennmarke ihrer Dummheit. Es heißt also das Gemeinwesen den kommenden Inquisiteuren auszuliefern, wenn man ihren Rufen nach »Redefreiheit« Glauben schenkt und sie gewähren läßt.

Wenn man nicht weiß, was zu tun ist, dann bleibt wenigstens die Hoffnung. Daß die Vernunft letztendlich wie in einem mythischen Kampf zwischen Gut und Böse endgültig die Oberhand behält, trägt selbst die Kennmarke des Irrationalismus an sich: das Denken in schwarz und weiß. Die erwachsenere Hoffnung, daß die Vernunft im Durchschnitt den längeren Atem hat, daß die Versuchung durch das vernünftige Denken für Menschen letztendlich unwiderstehlich ist, ist nicht grundsätzlich verkehrt, aber weil sie so wenige Indizien für sich in Anspruch nehmen kann, wirkt sie auch sehr schwach. Immerhin ist sie nicht vollends widerlegt, weil niemand die Zukunft kennt, und selbst am Ende dieses Jahrhunderts wäre es unklug, »nie« zu sagen.

# Epilog
## Untergegangene Reiche

Wenn man den neueren Forschungen zu Gesellschaft und Kultur der Maya glauben darf, war ihr ganzes gesellschaftliches Leben in der sogenannten klassischen Periode (ca. von 200 bis 900 n. Chr.) von magischem Denken bestimmt. Kernstück des magischen Gebäudes war der König, der als oberster Schamane die übernatürlichen Kräfte bannen und bündeln konnte. Die Rituale hatten sehr häufig mit Blutvergießen zu tun. Entweder mußte sich der König mit einer Obsidianklinge oder einem geschärften Rochenstachel in einem ekstatischen Ritual Blut abzapfen, oder Gefangene aus vorhergegangenen kriegerischen Unternehmungen mit rivalisierenden Stadtstaaten wurden geopfert. Oft geschah beides gleichzeitig oder in einem engen zeitlichen Zusammenhang. Die Ernte sollte verbessert, dem nächsten Kriegszug das Gelingen gesichert werden. Man geht heute davon aus, daß sogar das Zustandekommen, aber auch das Zerbrechen der Maya-Stadtstaaten selbst mit dem Konzept des Königs als oberstem Schamanen zusammenhängt, denn es kam durchaus vor, daß eine Bauernschaft, die sich um einen bestimmten König zu einem monarchisch regierten Gemeinwesen zusammengefunden hatte, diese Lebensform wieder aufgab und zur vorhergegangenen, eher egalitären Gesellschaftsform zurückkehrte (so z. B. in dem frühen Maya-Königreich Cerros). Das Charisma der Könige zog seine eigene materielle Basis in Form der Bauernschaft an, die Bauern blieben solange untertan, so lange der Herrscher Wunder wirken konnte, gegen die Feinde aus der Nachbarregion, gegen die Unbill des Wetters. Wenn das Charisma erlosch oder durch allzu viele Fehlschläge widerlegt wurde, ließen die Maya anscheinend ihre Könige Könige sein, und gingen weg. Manche Mayanisten glauben, daß ein ähnlicher, massenhafter Umkehrprozeß zur Auflösung der gesamten klassischen Mayakultur um 900 n. Chr. führte; ein kombinierter ökonomischer und spiritueller Bankrott, der die Landbevölkerung zu der Überzeugung brachte, es sei die Mühe nicht mehr wert mit diesem Königtum. Am Ende war all die Gewalt gegen sich selbst und die anderen umsonst, blieben all die Ahnen und Götter, die man in ekstatischen Bluträuschen beschwor, Gespenster einer spirituellen Strategie der Selbstlegitimierung. »Gott mit uns« stand noch nirgendwo auf ihren Uniformen, aber etwas ähnliches müssen sie nach dem Stand der Forschung schon geglaubt haben, solange es ihnen nützte. Wenn man auch die heutigen esoterischen Budenzaubereien noch lange nicht mit einem in sich stimmigen kulturellen Konzept wie der Maya-Religion vergleichen kann, vor allem auch deswegen, weil die Kunstwerke, die die heutigen Esoteriker schaffen, von so erbärmlicher Qualität sind, so wäre doch der Zusammenbruch der Maya-Magie, wenn er denn in der beschriebenen Form stattgefunden hat, ein vernünftiger Vorschlag: Sich von den Kaisern abzuwenden, wenn sich herausgestellt hat, daß sie keine Kleider tragen.

# Anmerkungen

1 Theodor W. Adorno, »Minima Moralia«, Band 236 der Bibliothek Suhrkamp, Frankfurt am Main 1988, S. 321–329.

2 Im folgenden werden die Begriffe »Okkultismus«, »Esoterik« und »Spiritismus« weitgehend synonym gebraucht. Hauptsache ist immer eine Geisterwelt, die von der materiellen Welt unabhängig sein soll und angeblich durch spezielle Verfahren kontaktiert werden kann, seien dies nun Atemtechniken, Drogen, Symbole oder materielle Fetische wie Pendel und Glaskugeln. Ob die Schriften und Tricks verborgen oder offen zugänglich sind, spielt keine Rolle, der Kern ist immer derselbe. Ohnehin beherrscht die moderne Esoterik die Verscherbelung »okkulter Mysterien« auf dem offenen Markt mit traumwandlerischer Sicherheit, und allein aus Gründen der Neurekrutierung muß die okkulteste Geheimgesellschaft ein Mindestmaß an Werbung betreiben, und sei es nur durch Mund-zu-Mund-Propaganda.

3 The Observer, 2. 8. 1998. Als der betreffende Abbé (Jean-Yves Cottard) festgenommen wurde, sagte Dominique Buchet, der Vater eines der Ertrunkenen: »Unseres lieben Abbés in diesen schmerzhaften Stunden beraubt zu sein ist fast schlimmer als der Verlust unserer Kinder.« (The Independent, 16. 8. 1998, Übersetzung M. H.) Christentum nach Menschenfresserart.

4 »Aber in meinem Vermögenszustande ist mehr bei hundert Talern, als bei dem bloßen Begriffe derselben (d. i. ihrer Möglichkeit).« Und weiter: »Es ist also an dem so berühmten ontologischen (Cartesianischen) Beweise, vom Dasein eines höchsten Wesens, aus Begriffen, alle Mühe und Arbeit verloren, und ein Mensch möchte wohl eben so wenig aus bloßen Ideen an Einsichten reicher werden, als ein Kaufmann an Vermögen, wenn er, um seinen Zustand zu verbessern, seinem Kassenbestand einige Nullen anhängen wollte. (Immanuel

Kant, Kritik der reinen Vernuft, Werkausgabe Band IV, suhrkamp taschenbuch wissenschaft 55, S. 534 u. 536)

5 Max Bense, Philosophie, aus dem Aufsatz »Der Aufstand des Geistes«, J. B. Metzler Verlag Stuttgart, 1997–98, zitiert nach Nils Röller, »Die Schriften des Max Bense« http://www.sueddeutsche.de/wissenschaft/buch/bense.htm

6 »Ein Tibeter in meinem Büro« ist der Titel eines der »Maulwürfe« von Günter Eich.

7 »Bis heute trägt der tibetische Buddhismus teilweise Züge der Bön-Religion, die nach eigenen Angaben seit mehr als 17000 Jahren in Zentralasien existiert.« So sprach Wilfried Pfeiffer in einer Leseprobe zu seinem Buch »Vision Tibet« (Beilage zu Bewußter leben, Ihr Magazin für LebensKunst, Esoterik und Gesundheit). 17000 Jahre sind eine lange Zeit. Was so lange »existiert«, sollte man ab und hin auf seine Frische überprüfen, selbst in den eisigen Höhen Tibets, sonst fängt es noch an zu stinken. Wie Ötzi, der schon nach fünftausend Jahren selbst in einem Gletscher derartigen Körpergeruch entwickelte, daß er nur noch in einem klimatisierten, gläsernen Schaukasten aufbewahrt werden kann.

8 Zazen

Es zazen einst zwei Hazen
auf einem grünen Razen
doch schon nach kurzem Grazen
(die Nazen voll von Gazen
die Därme voll von Blazen)
beschlossen unsere Hazen
das Mümmeln sein zu lazen.

9 William Pierce. Er ist auch der Autor der sogenannte »Turner Diaries«, einem in Romanform gehaltenen Aktionsplan für den rechtsradikalen Untergrund der USA, der Timothy McVeigh zu seinem Anschlag auf das Oklahoma City Building von 1995 inspirierte (189 Todesopfer). Die ganze Schauderhaftigkeit eines Konflikts zwischen antihumaner Rationalität und dumpfem Irrationalismus mag ein Artikel über »Erdstrahlen« und die entsprechenden »Abschirmgeräte« verdeutlichen, der in der Februarausgabe 1955 der Zeitschrift

KOSMOS abgedruckt war. Darin wird ohne jeden Skrupel auf eine Stellungnahme des Reichsgesundheitsministeriums von 1934 Bezug genommen, in der es hieß: »Daß die Wünschelrute eine bestimmte Art von Strahlen, sog. Erdstrahlen, durch Ausschlagen anzeigt, ist eine leere Vermutung einiger Personen. Wissenschaftlich sind derartige Strahlen bisher nicht festgestellt worden. Jede ernsthafte Nachprüfung hat vielmehr ergeben, daß die Behauptungen der Wünschelrutengänger über das Vorhandensein solcher Strahlen und über die Wirkung von Apparaten, die zu ihrer Abschirmung angeboten werden, in sich voller Widersprüche und unvereinbar mit den auf der Wissenschaft aufgebauten Erfahrungen sind.« (Kosmos, Heft 2 Februar 1955, S. 57) Abgesehen von den erkenntnistheoretischen Abgründen, die sich unverhofft im letzten zitierten Satz auftun, ist dieser Passus höchst bemerkenswert. Waren es doch Stellen wie das Reichsgesundheitsministerium, die mit ihren Aufträgen zur »wissenschaftlichen« Rassenforschung die eiskalt rationelle Vernichtung von Millionen vorbereiteten. Es ist, als nenne der Mörder den Dieb voller moralischer Abscheu einen Verbrecher. Angesichts der grotesken Inkommensurabilität der beiden Halunken gerät beinahe ihre grundlegende Gemeinsamkeit in den Hintergrund: der feste Glaube an unbewiesene und unbeweisbare Behauptungen. Sowohl beim politisch als auch beim geschäftlich interessierten Irrationalisten findet dieser Glaube immer ohne Rücksicht auf Verluste statt, vorausgesetzt es handelt sich dabei um die Verluste der anderen.

10 Man denke dabei nur an den Skandal um die »kalte Fusion«, die jüngeren Eskapaden deutscher Krebsforscher u. v. a. m.

11 Bewußter leben, Ihr Magazin für LebensKunst, Esoterik und Gesundheit, Frühjahr 1999, S. 38

12 ebd.

13 ebd.

14 So der Untertitel eines Buchs von Charlotte Rudolph, Luchterhand SL 727, Darmstadt 1987. Der ganze Titel lautet: »Waldorf-Erziehung – Wege zur Versteinerung«.

15 Eines der Probleme mit Steiners Strategie besteht darin, daß es aufgrund des quantitativen Gigantismus seines Werks so gut wie unmöglich ist, auch nur einen repräsentativen Quer-

schnitt durch die krudesten Passagen zu geben. Da er sich zu beinahe allem geäußert hat, würde selbst die Aufzählung der Themengebiete hier zu weit führen. Einige meiner Lieblingszitate seien aber noch angeführt.

»Also sehen Sie, während wir beim Menschen vom Bauch zum Kopf gehen müssen, von unten herauf, müssen wir bei der Pflanze den umgekehrten Weg machen. Die Wurzel der Pflanze ist mit dem Kopf verwandt. Wenn wir das bedenken, wird uns gewissermaßen ein Licht aufgehen über die Bedeutung der Wurzel. Denn die Kartoffel, die hat Knollen; das ist etwas, was nicht ganz Wurzel geworden ist. Man ißt also, wenn man viel Kartoffeln ißt, vorzugsweise Pflanzen, die nicht ganz Wurzel geworden sind. Wenn man sich also beschränkt auf das Kartoffelessen und zuviel Kartoffeln ißt, kriegt man nicht genug in den Kopf hinein. Es bleibt unten im Verdauungstrakt. So daß es also so ist, daß mit dem Kartoffelessen die Menschen in Europa ihren Kopf, ihr Gehirn vernachlässigt haben. Diesen Zusammenhang sieht man erst, wenn man Geisteswissensschaft treibt. Da sagt man sich: Seit in Europa diese Kartoffelnahrung immer mehr und mehr überhand genommen hat, seit der Zeit ist der Kopf der Menschen unfähiger geworden.« (Rudolf Steiner, Themen aus dem Gesamtwerk 6, Naturgrundlagen der Ernährung, Verlag Freies Geistesleben, 1984, S. 77)

Ich mag dieses Zitat sehr, weil es eines der ersten war, bei dem mir »gewissermaßen« ein Licht über Steiner und seine Geisteswissenschaft aufgegangen ist. Erhellend in diesem Zusammenhang war auch die folgende Passage, die schlagend illustriert, wie Steiner mit Kritik umgeht.

»So ist für den, dessen geistige Sinne erschlossen sind, der physisch wahrnehmbare Mensch nur ein Teil des ganzen Menschen. Dieser physische Mensch wird der Mittelpunkt seelischer und geistiger Ausströmungen. Nur angedeutet kann die reich-mannigfaltige Welt werden, die sich vor dem »Seher« hier auftut. Ein menschlicher Gedanke, der sonst nur in dem Denkverständnisse des Zuhörenden lebt, tritt zum Beispiel als geistig wahrnehmbare Farbenerscheinung auf. Seine Farbe entspricht dem Charakter des Gedankens. Ein Gedanke, der aus einem sinnlichen Trieb des Menschen entspringt, hat eine andere Färbung als ein im Dienste der reinen Erkenntnis, der edlen Schönheit oder des ewig Guten gefaßter Gedanke. In roten Farbnuancen durchziehen Gedanken, welche dem sinnlichen Leben entspringen, die Seelenwelt.«

Ich unterbreche an dieser Stelle, weil die seelische Farbenlehre Steiners völlig unerheblich ist. Viel interessanter ist seine eigene Fußnote, die gerade hier einhakt. Sie lautet:

»Die hier gegebenen Auseinandersetzungen sind naturgemäß den stärksten Mißverständnissen ausgesetzt. Es soll deshalb in dieser neuen Auflage ganz kurz am Schlusse in einer Bemerkung auf sie zurückgekommen werden.« (Vgl. S. 158ff.)

Man schlägt die angegebene Stelle auf und erfährt, wie auf die Auseinandersetzungen »zurückgekommen wird«.

»Das Kapitel dieses Buches: »Von den Gedankenformen und der menschlichen Aura«, ist wohl das, welches am leichtesten zu Mißverständnissen Anlaß gibt. (...) Es liegt zum Beispiel wirklich recht nahe, zu verlangen, daß die Aussagen des Sehers auf diesem Gebiete durch Versuche bewiesen werden sollen, welche der naturwissenschaftlichen Vorstellungsart entsprechen.«

In der Tat, es liegt nahe. Steiner war ja kein bloßer Dummerjan, er wußte, was man ihm entgegenhalten würde. Der Redeschwall, mit dem er den vorweggenommenen Einwand gegen seine Phantastereien wegdrückt, ist deswegen so interessant, weil er einen der zentralen Tricks Steiners denunziert: den bequemen Rückzug auf eine Geisterwelt, die völlig ohne Evidenz, Überprüfung und Beweise auskommt. Was im Haupttext als bewiesene Tatsache präsentiert wird, wird in der Fußnote in vorsichtigen Formulierungen zu einer Hypothese gedämpft, die in der groben materiellen Welt, in der die Nichtseher leben, keinen, in der Steinerschen Geisterwelt aber allen Wert hat. Der Seher sieht, was der Seher sieht, belegt es sich selbst und beweist es seinesgleichen dadurch in einem Zug. Für die Länge des Zitats bitte ich um Entschuldigung. Wer es nicht erträgt, hat mein volles Verständnis und darf gerne weiterblättern.

»Allein, es kommt das Folgende in Betracht: Die Arbeit des Geistesforschers an der eigenen Seele, die ihm die Fähigkeit des geistigen Schauens gibt, geht dahin, *ebendiese Fähigkeiten zu erwerben*. Ob er dann im einzelnen Falle etwas in der geistigen Welt wahrnimmt und *was* er wahrnimmt, das hängt nicht von ihm ab. Das fließt ihm zu als *eine Gabe* aus der geistigen Welt. Er kann sie nicht erzwingen, er muß warten, bis sie ihm wird. *Seine Absicht*, die Wahrnehmung herbeizuführen, kann nie zu den Ursachen des Eintreffens dieser Wahrnehmung gehören. Gerade *diese Absicht* aber fordert die naturwissenschaftliche Vorstellungsart für das Experiment. Die geistige Welt läßt sich aber nicht befehlen. Sollte der Versuch zustande kommen, so müßte er von der geistigen Welt aus angestellt werden. *In dieser* müßte ein Wesen die Absicht haben, die Gedanken eines oder mehrerer Menschen einem oder mehreren Sehern zu offenbaren. Diese Seher müßten dann durch ›geistigen Antrieb‹ zur Beobachtung zusammengeführt werden. Dann würden ihre Angaben ganz gewiß miteinander stimmen.«

Steiner traut seinem eigenen Gerede nicht. Das ständige inhaltslose Herumgepurzele in der Geisterwelt überschlägt sich derart, daß Steiner zum Schluß nichts bleibt als das autoritäre Dekret. Der nächste Satz lautet:

»So paradox dies alles für das rein naturwissenschaftliche Denken erscheinen mag: es ist doch so.«

(Die fünf letztgenannten Zitate aus Rudolf Steiner, Theosophie, Rudolf Steiner Verlag, Dornach/Schweiz, 1962 S. 123 ff. u. 158 ff.)

Und damit gilt die farbige Aura seinen Anhängern als Fakt. *Wenn* in einer als real *angenommenen* »geistigen Welt« sich ein Versuchsaufbau realisieren *ließe*, der die »Seher« zu gleichzeitigen »Beobachtungen« versammeln *könnte*, *wären* ihre Ergebnisse *ganz sicher* übereinstimmend. Die »Geisteswissenschaft« Steiners ist eine im Konjunktiv. Am Ende seines Lateins angekommen, bleibt ihm nur noch das Fußstampfen des rechthaberischen Kindes. Es ist vollkommen in Ordnung, daß er all das *glaubt*. Es als *Wissenschaft* auszugeben ist absolut nicht in Ordnung.

Zu guter Letzt sei noch die schleimige Lobhudelei wiedergegeben, mit der Steiner einem Klassiker des europäischen Rassismus begegnete. Wiederum ist ihm selbst nicht ganz geheuer bei seinen Abenteuern im Geisterreich, und er umwölkt den verehrten Meister mit vielen vorsichtigen Formulierungen, bevor er ihn über die Showtreppe herabkomplimentiert, aber letztendlich wird doch klar, wes Geistes Kind Steiners Geisteswissenschaft immerhin auch ist.

»Er leitete seinen Stammbaum zurück bis in das neunte Jahrhundert und betrachtete im neunten Jahrhundert den Wiking Otar Jarl als seinen Vorfahren und leitete weiter seinen Stammbaum zurück durch die Nachkommenschaft des germanischen Gottes Odin bis zu diesem Odin selber. Man möchte sagen, ein stolzes Bewußtsein mag hervorgegangen sein aus dem Ergebnis einer solchen Stammbaumuntersuchung. Bei der Persönlichkeit, die ich hier meine, bei *Arthur Graf Gobineau*, verwandelte sich dieses Bewußtsein in weittragende, bedeutsame Ideen, die wie wenige tonangebend und richtungsverratend für die ganze Geistesentwickelung des neunzehnten Jahrhunderts geworden sind, ja, man möchte sagen, für die ganze Geistesentwickelung der neueren Zeit. Und als 1853 das wichtigste Werk Gobineaus erschien, welches die Ergebnisse dieser Ideenforschung enthielt, da konnten die wenigen – es waren ja nur wenige, die etwas von dem verstanden, was dieses Werk enthielt – daraus das Bewußtsein gewinnen, daß in diesem Manne nicht ein einzelner gesprochen hatte, nicht eine besondere Persönlichkeit, sondern das Bewußtsein der abendländischen Menschheit in einer ganz bestimmten Zeit ihrer Entwickelung. Für viele vielleicht sonderbare Ideen sind in diesem Werke enthalten. Für diejenigen aber, welche es im Sinne der Geisteswissenschaft zu betrachten versuchen (...), ist das Werk von Ideen erfüllt, welche uns mehr als irgend etwas anderes auf die Art hinweisen, wie ein Vorgerückter, ein besonders Ausgezeichneter, um die Mitte des neunzehnten Jahrhunderts denken mußte.«

Und wie heißt das Buch, dieses besonders ausgezeichneten und vorgerückten Grafen, das der gleichfalls besonders ausgezeichnete und vorgerückte Rudolf Steiner hier ankündigt wie ein Boxveranstalter, der die Menge auf den Champ des Abends heißmacht?

»›Von der Ungleichheit der Menschenrassen‹, so würde, in

deutschen Worten wiedergegeben, der Titel des französischen Werkes sein, das wie gesagt 1853 erschienen ist: ›Essai sur l'inégalité des races humaines‹.«

(Aus »Darwin und die übersinnliche Forschung« in: Menschengeschichte im Lichte der Geistesforschung, Gesamtausgabe Bd. 61, S. 480f.)

Voilà. »Richtungsverratend«, in der Tat. Und so geht es weiter und weiter, 350 Bände lang, und die Geduld des Papiers will sich nicht erschöpfen.

16 Aus: »Die Entwickelung mechanischer, eugenetischer und hygienischer okkulter Fähigkeiten in der Zukunft« in: Die soziale Grundforderung unserer Zeit, Gesamtausgabe Bd. 186, S. 71

17 ebd.

18 Aus »Die königliche Kunst in einer neuen Form« in: Die Tempellegende und die Goldene Legende, Gesamtausgabe Bd. 93, S. 286

19 Mit diesem Vorwurf konfrontiert, beriefen die niederländischen Anthroposophen 1996 eine Kommission ein, die ihn überprüfen sollte. Nach reiflicher Sichtung der Steinerschen Schriften zählte diese Kommission 62 diskriminierende Passagen, von denen sie sogar 12 als strafrechtlich relevant einstufte. Darunter finden sich solche Perlen wie die Behauptungen, daß »Neger« aufgrund ihres besonderen Stoffwechsels ein »starkes Triebleben hätten« (Gesamtausgabe Bd. 349, Vortrag vom 3. 3. 1923, S. 52–67), daß Indianer transformierte »Neger« seien, die aufgrund ihrer Unfähigkeit, wirkliche »Neger« zu sein, zum Untergang verdammt seien (ebd.), und ähnliches mehr. Es braucht wohl nicht betont zu werden, daß die »Untersuchungskommission« Steiners allgemeinen Irrationalismus mit keinem Wort erwähnt oder gar kritisiert. Sie konzentriert sich ganz auf die heikelsten Passagen, um das Gebirge aus Unsinn, das sie krönen, unangetastet zu lassen. Und selbst die von der Kommission gefundenen eindeutigen Belege rechtfertigen ihrer Ansicht nach nicht die Behauptung, Steiner sei ein Rassist gewesen (Vgl. Anthroposophy and the Race Issue, Summary of the interim report: »ANTHROPOSOPHY AND THE RACE ISSUE«, englischsprachige Zusammenfassung des Berichts »Antroposofie en

het vraagstuk van de rassen«, Anthroposophische Gesellschaft der Niederlande, 1998.) Unweigerlich fühlt man sich an eine ähnliche Kommission erinnert, die im Auftrag des Papstes die Kollaboration der Katholiken mit dem Nationalsozialismus untersuchen sollte. Nach jahrelangen Beratungen wuschen sie ihre Hände in Unschuld und bezeichneten den Nationalsozialismus als eine »neuheidnische Bewegung«, die dem katholischen Christentum immer wesensfremd gewesen sei. Der tiefverwurzelte *christliche* Antisemitismisus wird mit milden Formulierungen erwähnt und väterlich getadelt, nur um im gleichen Atemzug vom *völkischen* Antisemitismus ebenso radikal wie künstlich unterschieden zu werden. Zu der Protektion, die den abgehalfterten Nazischergen nach dem Krieg durch den Vatikan zuteil wurde, zum stabilen Bündnis mit den Mördern, zu den finanziellen Verquickungen des Vatikans mit den Nazis und ihren Alliierten, zu den Greueln der katholischen Kroaten während des zweiten Weltkriegs, zu all dem kein Wort (vgl. »Wir erinnern: eine Reflexion über die Shoah. Dokument der ›Päpstlichen Kommission für die religiösen Beziehungen zu den Juden‹«, 1998). Strukturell ähnlich das reine Gewissen der Anthroposophen. Selbstverständlich haben auch sie nichts dazu zu sagen, daß der sogenannte Führerstellvertreter Rudolf Heß einer der glühendsten Anhänger der Anthroposophie war und daß der führende Nazipädagoge Alfred Bäumler sie protegierte, indem auf seine Veranlassung 1938 fünfzig von Steiners Schriften, die 1935 verboten worden waren, wieder zugelassen wurden (taz vom 11. 3. 95). Selbst 1939 noch blieb der Fortbestand der Waldorfschulen in Dresden, Hamburg und Hannover genehmigt, zu einer Zeit, in der alles, was mit dem Nationalsozialismus nicht halbwegs kompatibel war, schon längst nichts mehr zu melden hatte (ebd.).

20 Von 1899–1904 war Steiner Lehrer an der »Berliner Arbeiterbildungsschule« Wilhelm Liebknechts.

21 Walter Benjamin, Einbahnstraße, Suhrkamp Verlag, Bibliothek Suhrkamp 27, 1988, S. 52

22 Dies eine wunderbare Idee aus William Gibsons »Virtual Light«, der eine Sekte erfunden hat, die genau daran glaubt. Sie stellen riesige Kreuze auf, an denen Fernseher hängen.

23 »Where skeptical observation and discussion are suppressed, the truth is hidden. The proponents of such borderline beliefs, when criticized, often point to geniuses of the past who were ridiculed. But the fact that some geniuses were laughed at does not imply that all who are laughed at are geniuses. They laughed at Columbus, they laughed at Fulton, they laughed at the Wright brothers. But they also laughed at Bozo the Clown.« (Carl Sagan, Broca's Brain, Random House, 1979, p. 64)

Schlimm genug, daß die Esoteriker mit ihrer intellektuellen Mimikry so oft davonkommen. Daß ihnen eine bestimmte Fraktion des Antiestablishments in der Wissenschaft dabei hilft, ist eine Tragödie. Um das zu illustrieren, schrieb der New Yorker Physiker Alan Sokal 1996 einen frei erfundenen pseudowissenschaftlichen Aufsatz mit dem Namen »Trangressing the boundaries – Towards a transformative hermeneutics of quantum gravity«. Er behauptete darin, die Naturgesetze seien nicht für alle Menschen dieselben, sondern im Grunde ein Ergebnis gesellschaftlicher Konventionen, ein sozialer Mythos. Das anerkannte Magazin »Social text« druckte ihn ohne Zögern. Sokals Kommentar später: »Fair enough: anyone who believes the laws of physics are mere social conventions is invited to try transgressing those conventions from the windows of my appartment. (I live on the 21st floor.)« (vgl. Irish Times, Ausgabe 8. 4. 1999) – Und hat er nicht recht? Beinah ganz und gar. Nur daß sein Recht und seine Wissenschaft so hoch oben leben, an einem so teuren Ort wie New York, machen gelinde Zweifel, nicht an der Schwerkraft, aber an seiner eigenen Bodenhaftung nötig.

24 Übrigens gilt dasselbe für Rußland. Sergei Kapitza, russischer Physiker, schrieb schon 1991 in »Spektrum der Wissenschaft«: »Die vorgebliche Rückbesinnung ist in Wahrheit eine Regression und keineswegs Anzeichen einer neuen, alternativen Wissenschaft, wie manche sie sich wünschen. Tückischerweise geben viele moderne mystische Trends sich wissenschaftlich und nennen sich etwa Scientology oder wissenschaftliche Astrologie. Manche behaupten zudem, die moderne Wissenschaft sei autoritär, undemokratisch und lebensfern; die Autorität der Wissenschaft beruht aber nun einmal nicht auf Ver-

kündigungen von Eingeweihten oder auf Volksentscheiden, sondern auf der Macht der wissenschaftlichen Methode und dem experimentellen Beweis.« (Spektrum der Wissenschaft 10/1991, S. 132). – Daß die russische Politik darauf mit Gesetzen gegen »nichttraditionelle« Glaubensbekenntnisse vorgeht, ist dann nur noch ein Zeichen für Hilflosigkeit und eine Verbeugung vor der Macht der alten Kirchen.

25 Die Kunst zu leben, Der Anzeiger für Gesundheit, Kreativität und neues Bewußtsein in Stuttgart und Region, Juli bis September 1998

26 Bewußter leben, Ihr Magazin für LebensKunst, Esoterik und Gesundheit, Frühjahr 1999, S. 36

27 Bewußter leben, Pamphlet zur Aktionswoche der Osianderschen Buchhandlung Tübingen vom 19. bis 22. April 1999

28 Bücher, Buchstaben, Bilder, Hannes Jähn 1934–1987, DuMont, Buchhandlung Walther König, Kiepenheuer & Witsch, 1990, S. 378–385

29 Daß der derzeitige deutsche Innenminister starke anthroposophische Neigungen erkennen läßt, stimmt in diesem Zusammenhang nachdenklich.

30 Die Sophistereien, mit denen die Privilegien bestimmter, vor allem christlicher Kirchen verteidigt werden, tun ein übriges. Wer auf der einen Seite *Gleichheit* als ein zentrales Anliegen behauptet und andererseits den Islam oder haitianisches Voodoo gegen das Christentum abwertet, kann nicht darauf hoffen, für voll genommen zu werden. Gleichheit müßte in dieser Hinsicht überhaupt erst noch geschaffen werden. Die Abschaffung des § 166 StGB und die Abschaffung der Kirchensteuer stehen noch dahin. In der jetzigen Situation andere der Intoleranz zu zeihen macht wenig Sinn.

Daniel Kiecol

# *Schmelztiegel und Höllenkessel*

Die Sehnsucht
nach der großen Stadt

112 Seiten
Gebunden DM 24.00
ISBN 3-351-02792-3

Was ist eigentlich eine Metropole? Welche Wandlungen hat dieser Begriff seit seiner Entstehung erlebt? Der Autor untersucht geistreich und mit großem Sachverstand Beispiele aus Architektur, bildender Kunst, Film und Literatur, in denen sich das Bedürfnis nach konzentrierter Urbanität widerspiegelt:

Die großen französischen Romane des 19. Jahrhunderts, Bilder wie Hoppers »Nighthawks« oder Filme wie »Ein Amerikaner in Paris« erzählen von der Sehnsucht nach der Großstadt. Sie widerspiegeln die kleinen und großen Träume, die jeder von uns voller Faszination mit Metropolen wie London, Paris oder Berlin verbindet.
Eine konturenreiche Skizze, die überraschende Perspektiven auf die Skyline der mythischen wie der realen Metropolen eröffnet.

*Essays*
Aufbau-Verlag

**Burghard Damerau**

# *Literatur und andere Wahrheiten*

## Warum wir ohne Bücher nicht sein wollen

165 Seiten
Gebunden. DM 24.00
ISBN 3-351-02795-8

Beim Lesen reisen wir an Orte, die es nicht gibt, wir lachen und weinen über Menschen, die erfunden sind. Von Homers *Odyssee* bis hin zu Kafkas *Verwandlung* begegnen wir eindrucksvollen Beschreibungen menschlicher Existenz, die allesamt auf Fiktion beruhen. Damerau zeigt in seiner scharfsinnigen Abhandlung, daß es dennoch Bücher sind, die uns die Wirklichkeit erschließen. Denn Literatur ist Wahrheit!

»Dieses kleine Buch ist ein Versuch, jene verschwommenen Vorstellungen zu Literatur, Wahrheit und Wirklichkeit etwas zu klären. Es geht also um den Erkenntnisaspekt«.

Literatur verändert viele unserer Vorstellungen von der Beschaffenheit der Welt.

Hier sind wir, wer wir sind, denn im Akt des Lesens erschaffen wir uns selbst.

*Essays*
Aufbau-Verlag

Thomas E. Schmidt

# *Heimat*

## Leichtigkeit und Last des Herkommens

112 Seiten
Gebunden. DM 24.00
ISBN 3-351-02798-2

»Was ist Heimat heute«, fragt sich Thomas E. Schmidt, Feuilletonist bei der »Welt«, und untersucht in seinem Essay den Wertewandel dieses umstrittenen Begriffs.
Mutig wagt sich der Autor an ein heutzutage schwieriges Thema heran: Seit der Zeit der ganz großen Heimattümelei sprechen wir nicht mehr so gern darüber. Brauchen wir sie überhaupt noch, die Heimat?
Heimat kann keine Idylle mehr sein, und wo sie noch als eine solche beschworen wird, sind meistens Verklärungen am Werk, hinter denen sich geschäftliche oder politische Interessen verbergen.

Thomas E. Schmidt spürt den Gründen für die Befangenheit im Reden über die Heimat nach: Geistreich und ohne Tümelei nähert er sich dem neuen Verständnis einer alten Idee.

Das eindrucksvolle Plädoyer für Heimat »als Denkfigur des Innehalten«.

*Die Welt*